願受傷後能重新活一遍

記37個醫療代號，我的漫漫青春

邱子瑜 著

【推薦序】

身體與靈魂之歌，在苦痛之地開花的人

作家／鍾文音

人的一生有許多的苦難，各式各樣的苦難，不同的苦難引起不等的苦痛，於是我們不禁想問苦難與苦痛是生命甜美收割的必要過程嗎？

疼痛如此折磨人。

連大象都因不想被拔去象牙而開始演化出無牙之象，人類的演化過程，為何無法除去這種要命的疼痛感？

讀《願受傷後能重新活一遍》，讓我深刻感受身體的痛，靈魂會記得。淚水醃漬過的記憶，讓人往後珍惜這人世的一切，從此一點微小幸福都會被感激得無以復加。

閱讀這本書勾起我內心對作者無限的敬意，也讓我回憶起自己和疼痛打的榮光之戰。

多年前因脊椎側彎進行背部劇痛的針灸時，我聽見治療師在我的背後說，妳的傷埋得很深。突然我像是找到知音，為此竟忍痛進行一兩年之久的每週上演針刺包裹著神經的椎骨。

傷埋得很深，是指心靈的傷還是身體的傷？心靈的傷要從何時追溯已是困難，身體的傷卻讓我想起遺忘許久的一次摔跌。那時我約莫二十出頭，在一家補習班兼差當導師，有一回從窄陡的那種老式公寓樓梯三樓一路滾跌到一樓，屁股重重著地，當時年輕拍拍屁股竟就站了起來，往後也沒發現問題，年輕撐住了骨架，隨著年齡漸增，骨架開始錯位傾斜，崩塌的城牆亟需送修。

果然傷埋得太深了，太慢發現了，因而日後經常骨肉沾黏，為此寫過名為〈骨肉〉的短篇小說，以骨肉沾黏來隱喻母女骨肉關係的沾黏。必須先將骨肉分離，歷經各種部位的神經劇痛（坐也不是站也不是），也治療過可怕的小針刀（其疼痛足以讓人瞬間感覺靈魂和身體解離）、徒手治療（有如坦克車壓輾而過）。像我這樣年輕趴趴走的旅者，突然有一天下床痛得無法站起時，才發現原來我沒有善待我的身體。多年來，肩頸痛與頭痛更如家常便飯，為此我熟悉各種疼痛治療，只差沒去當推拿師。

我們的衣服底下，埋藏多少不正常的各種扭曲錯位變形？多少止痛藥吞進笑臉的背後，只有經歷過深度疼痛的人才能明白漫漫長夜的劇痛失眠與緩慢度日如年。

現在歷經母親中風多年，經常在醫院目睹無數如戰後餘生的人，多少生命浸泡在復健室裡，有些青春的臉龐搖晃著受傷的身軀，常讓我也跟著疼痛。

為此，我非常感同身受子瑜寫的這本疼痛聖經，她打的仗讓我肅然起敬且心疼不已。

每個對付疼痛的人一開始如她所寫，都會進入漫長的盲期，試著各種可能，從西醫到中醫，從江湖術士到求神問卜，無一不試。

子瑜從十七歲之後的整整十年都在與疼痛打仗，別人是下班後吃排隊美食，她是排隊等看醫生，流浪各種診間，在等待時打起瞌睡。她的感情對象從「我背妳」到最後的棄守，她的疼痛與淚水都發生在人生最美好的青春歲月。生病的色身毫無尊嚴，她一路寫來，讓我讀了心驚膽跳，且好想知道她最後打贏這場勝仗沒有？從代號〇〇一開始，每個醫病都像一篇身體迷你影集，她寫來輕盈，自嘲自笑，卻滲著無限的孤寂與疑惑。身體的千言萬語，都在她筆下蔚為一座苦痛的實驗場，希望與絕望交織的歷程，將身體的折磨痛楚飆到了極限，每個代號醫師或診療師在她靈活的書寫，把我們的身體也帶到了診間的現場，使我們跟著她跌跌撞撞搖搖擺擺地走了好長好長的路。

她無止境地反覆看診回診交織而過的四千多個日子裡，她彷彿是觸犯眾神的薛西弗斯，但她何罪之有？

我好佩服她的十年抗戰。

看到最後子瑜可以好好走路散步時，我突然好像是她的家人，也跟著鬆了好大一口氣，好替她喝采。

子瑜這本以親身經歷所寫的疼痛之書，讓我們看見青春人生命不同的態度與戰場，寫出身體危脆下的無常無奈、靈魂卻又堅強勇敢的多種面向，如此真實，如此細膩。身體是苦惱苦楚的眾病所集，但身體也是我們歡愉存在的來源，更是通往修行之路的資糧，人生一切的本錢。打仗的身體需索勇敢的靈魂，子瑜如是。

如她所言，這十餘年之中，她做過最好的事情是「足夠愛護自己」。我以為她不只足夠愛護自己，且還能點亮別人：以自身苦難為鏡，字字用力寫著疼痛，最後抵達了希望。

這書寬慰著歷經疼痛或正在疼痛的人。

關於鍾文音：曾獲中時、聯合報、吳三連等國內重要文學獎。二〇〇六以《豔歌行》獲（開卷）中文創作十大好書。已出版《一天兩個人》《少女老樣子》等多部短篇小說集、散文集與長篇小說等，質量兼具，筆耕不輟。小說《在河左岸》改編成三十集電視劇，深受好評。二〇一一年出版百萬字鉅作：台灣島嶼三部曲《豔歌行》《短歌行》《傷歌行》，並已出版簡體版、日文版與英文版。最新散文集《憂傷向誰傾訴》《最後的情人》《捨不得不見妳》（榮獲第二屆三毛散文獎首獎）。最新長篇小說《想你到大海》。二〇一九年《寫給你的日記》二十週年時光復刻版出版。

【推薦序】

獻給千千萬萬在各醫療場域遊蕩的靈魂們

作家／王蘭芬

「你今天晚餐會吃什麼？」我問。

「還是不太舒服，什麼都不想吃，下班想去整骨或是掛個號。」他答。

這是近幾年來，與親友們常見的對話。身邊越來越多人身心出現了醫生無法明確找出原因也無法徹底治好的問題，不知該不該說是託台灣健保的福，便宜便利的醫藥，提供了大量的「說不定這次會好」的希望，造就成千上萬在各治療單位遊走的人們。

或許體會太多太深，一讀到邱子瑜的新書《願受傷後能重新活一遍》我心裡那個「我知道你很辛苦，但好抱歉沒辦法幫上忙」的陰暗角落瞬間被照個通亮。就像許多大作家童年都經歷生病臥床過程那樣，被莫名發生又無法治好的關節炎折磨十二年的她，文筆好到嚇死人，才二十九歲，才出第一本書，卻每一行都讓我想用紅筆畫重點。

在專欄裡邱子瑜表述：「如果死亡像花謝那樣，真是一種幸福。可惜有些久病沒有那麼輕易讓你死，沒有那麼快速俐落，也不會有人為你寫書。一點美感也沒有。你被綁在不定時炸彈上，不合理地承受著龐大重力，你知道自己被投擲向地獄，但不准瞬間死亡，你要流著汗、流著淚、流著赤紅的血，忍耐三年、五年、十年、十五年，才得以解脫。」

完全道出長期被痛體折磨，醫學也無法指向光明的人們血淚心情。

她寫復健及手術中的劇痛，寫行動不便的少女逐漸被青春同伴放棄的孤獨，寫大腿張不開無法當人家老婆的無奈，寫無止境生病連最親的親人都失去耐性的恐慌，寫過程中看遍的醫師診療師各種面目和過程中的難堪，她說：「還沒告訴你的，現在告訴你，這裡是沒有愛存在的地方。」

西西在《哀悼乳房》中說，一直以來文學書都教我們要關心靈魂，卻沒有教我們要專注在自己的軀體：「軀體是很奇怪的，它不發生問題，不給你那麼地痛一下，不給你若干刺激，你根本不注意它。」而現在，邱子瑜這本書終於用文學的方式，要來給我們、給這個社會痛一下。

大家以為這些理所當然通常發生在年老力衰之後，但邱子瑜清清楚楚展現給讀者，一個花樣年華的十七歲少女被自己身體折磨到破爛的心靈的樣貌，幸好善良的她用淬鍊得格外才情的心與筆很淡很淡（就像她書中所寫久病之後只求的生活那樣）地寫，讓芸芸眾生不會看著看著就跟著髖關節痛起來。

終於十二年後一場手術終結了所有痛苦，而關於這一切老天爺有說什麼嗎？她得到的是一位暖男物理治療師的一句話：「我想代替台灣醫療跟妳說聲，對不起。」

被全世界羨慕頌讚的全民健保，帶來了便宜的救助，但也一定是哪裡出了什麼問題，讓邱子瑜和千千萬萬與她類似的人，日復一日地徘徊在各個診間，難以得到救贖。

這本《願受傷後能重新活一遍》帶給久病者同理的安慰，或許也提出了某些我們已經不得不面對的窘況。

我很愛的大陸作家、曾笑稱自己「職業是生病，業餘在寫作」的史鐵生，在短篇小說〈命若琴弦〉裡寫了一個盲童，在找不到希望可以活下去時得到師傅一句話：我有治眼睛的祕方在琴盒裡，只要彈斷一千根弦就可以打開。盲童於是振作精神一路彈到垂垂老矣，終於目標達成，然而打開琴盒拿出的那張紙，一片空白。

讀著邱子瑜，想到史鐵生，但願人間的醫療不再是那一千根琴弦。

關於王蘭芬：畢業於東吳大學英文系，曾於北京大學中文系當代文學研究所就讀，當過報社記者，主跑影劇和藝文新聞。是一對龍鳳胎的媽，現為專職寫作者，大田出版《沒有人認識我的同學會》。

【推薦序】

從好強、堅強、勉強到順服的荒謬與幸福

國立台北護理健康大學生死與健康心理諮商師
諮商心理師／李玉嬋教授

苦難，從來就不挑時機、不講道理，在不該出現的時候找上你；更可惡地長期慢性折磨你，以蠶食鯨吞方式，一點一滴吞噬你我的青春無敵、你我的傲骨夢想、你我的生活日常……該怎麼想這些磨人的病痛苦楚與群醫的束手無策？

年紀輕輕的子瑜，以三十七個醫療代號，註記十二年漫漫受病痛所苦的青春，是如何在荒謬病痛與無效醫療裡翻騰受創，找尋一線生機？困獸之鬥成為日常，該如何在絕望谷底持續抱持對未來的盼望？

讀著子瑜細膩筆觸刻畫的求醫日子，彷彿我也親臨現場，跟著子瑜一同經歷這一切，從發病、求醫、不知病因、無法確診、痛苦復健及遍尋名醫甚至奇奇怪怪的民俗療法，三十七個醫療代號，代表著身心反覆經歷磨難冒險的有苦難言，讓讀者常常會心苦笑。彷彿多用點黑色俏皮語調，就能讓自己從原本的好強轉變成堅強面對，較能激起生命熱情不減，持續積極投入工作、談起戀愛。

然而，堅強面對的心逐漸變成勉強以對。勉強自己順服荒謬的病痛與悲傷，勉強自己平衡內心的謙卑與主宰，也勉強自己相信有苦有難也會有幸福的奇蹟。

跟子瑜一樣，進出醫療卻陷入無法被治療的窘境時，誰能從荒謬中找到怎樣的幸福？如何能不讓病痛陰影帶走心中陽光？

作為一位諮商心理師，這是我長期走入醫療現場，第一線到病床邊提供心理諮商，幽谷伴行，希望鼓勵從心跨越困窘，啟動超越長期病苦的心路徑。子瑜書寫分享的，就是從受苦無常中發掘意義的路徑，因為：

走著、走著，耐受苦難的勇氣竟然增加了！

想著、想著，領悟出超越苦難的力量來源！

苦著、笑著，體驗生老病死、孤獨、無意義與永恆的愛！

找著、找著，發掘到身體越失能受限就越需仰賴強大心靈！

試著、試著，重建了負傷後自我價值與新生活次序！

閱讀子瑜的醫療經歷映照出可能的心靈蛻變重生，從好強、堅強、勉強到順服，她翻轉了荒謬。願進出白色巨塔經歷身心靈受苦失控的人，也能鼓起勇氣從心啟動受傷後重新活一遍的幸福，「多一點勇氣，去改變可改變的；多一點耐心，去接受不可改變的；多一點智慧，去分辨可或不可改變。」

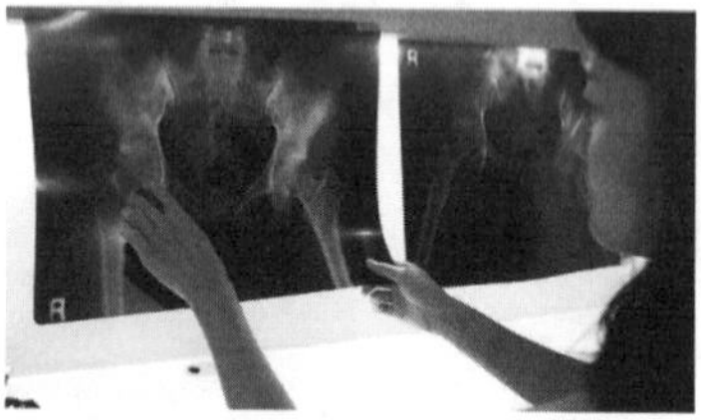
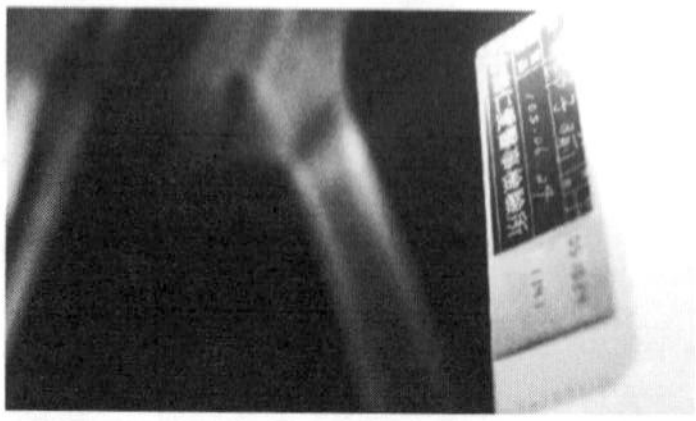

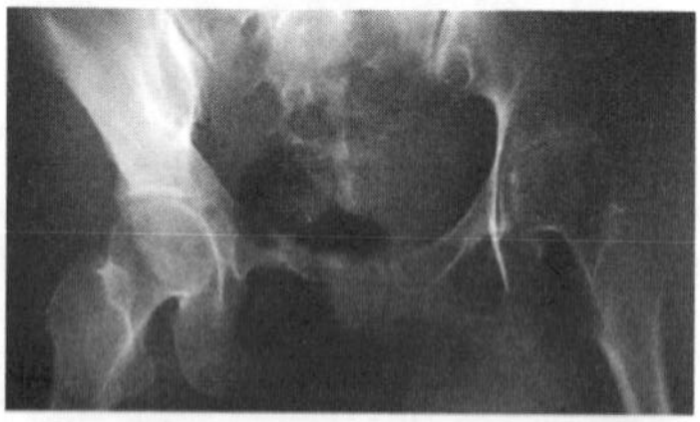
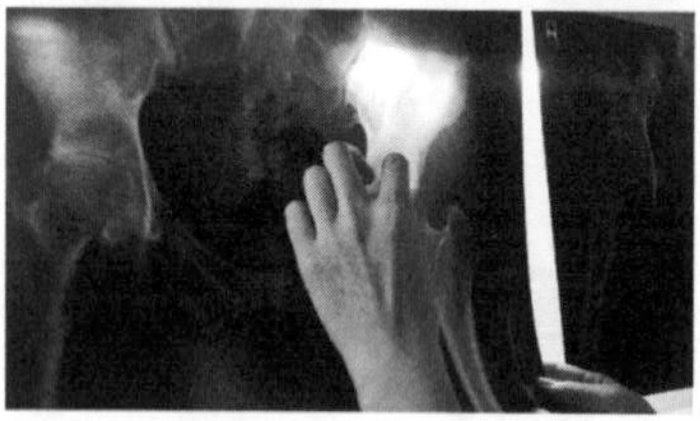

目錄 CONTENTS

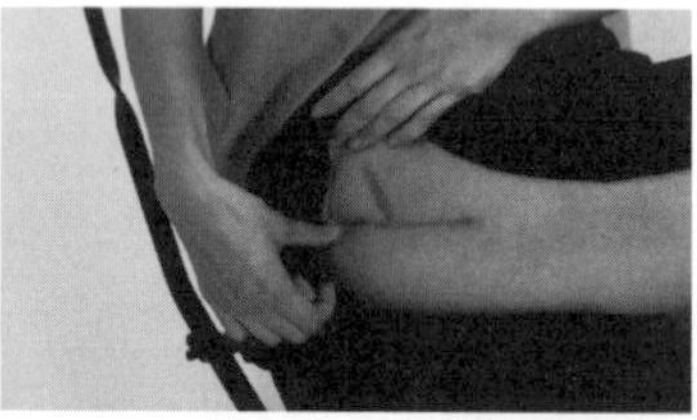

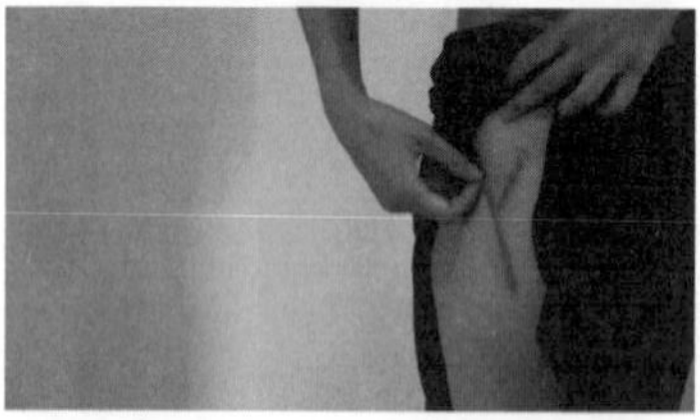

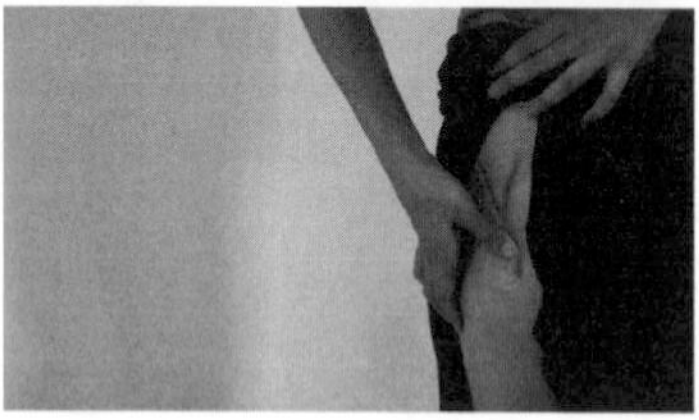
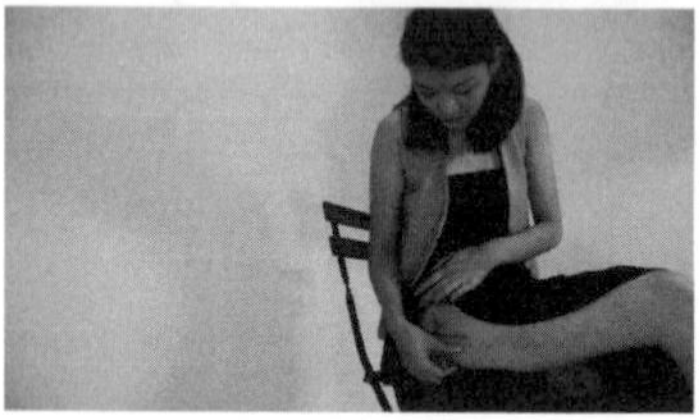

自序

漫漫青春，這世界沉默中

我怕，一旦放棄了，讓心跨越那條線，
將會完全失去自己的樣子……

我坐在塑膠椅上，思考自己怎麼在十年之間，從熱愛生命變成厭棄尋死。我是一個熱愛生命的人。這句話，我說起來，一點也不害臊。爸爸對我說，以前的我常常早上睡醒一睜開眼睛，就笑得好開心，對他說：「今天陽光好漂亮，今天又是開心的一天！」為什麼我會變成這個樣子？

這是一棟文教住宅區內的透天厝，地板用仿花崗岩的雜色磁磚拼起來，一樓是無人的接待櫃檯，二樓是一間網路上評價良好的物理治療所，秋日正午的光線從落地窗外打進來，很是整潔、明亮，而我所在的位置背對著陽光。我前幾分鐘才從樓上走下來，首次碰面的治療師告訴我，前面還有病患，請我在樓下再稍等一下。他是個頂上無毛、身材壯碩的男子，隨意穿著T恤和短褲，有一雙像熊貓的瞇瞇眼，很親切。可是，我卻連多一秒鐘也等不及了。

我的上半身像是一塊菜市場的死豬體吊掛在鐵架一樣，沉甸甸提不起勁，雖然心裡拚命想在塑膠椅上坐好坐穩，實際上我卻是半躺著。雙腳蜷縮在椅子下方的空間裡，只以駝背上的一個小支點靠著白色椅背，腰部懸空一大截，這是我多年來的坐姿。因為髖關節的受限，我已經很久無法在椅子上坐好了。我拿起手機，翻看家人昨天才告訴我的一串電話，說是朋友特別介紹的物理治療師，診所就和我的老家位在同一條街上，要我一定去試試看。

這十年來，我試過國內無數間醫院、物理治療所、民俗療法和廟宇，不管多遠、多陌生之處，我都願意去，幾乎搭遍了所有的交通工具。高鐵、火車、計程車、台北捷運，或開著車，或騎摩托車，或走路，努力前往遙遠的鄉間和都會區雜亂的巷弄裡，徘徊於「聽說有效」「聽說有名」的醫療院所廊道上，或是密醫的家裡，有時則步入了神明的居所，甚至搭過飛機，抵達另一國度去尋覓。我的心境，從相信可以找到治療我的人（或神），到認為可以找到治療我的人（或神），再到不論如何就去試試看吧，最後變成我不想去、感到疲憊不已，可是如果不去也沒有其他辦法。我懂，即使去了也不會有辦法，但我只能繼續徒勞無功，否則生活將無以為繼。我怕，一旦放棄了，讓心跨越那條線，將會完全失去自己的樣子，我常想到新聞媒體報導的那種放逐自我的社會邊緣人，眾叛親離、病痛纏身，且一蹶不振。那是連靈魂也厭棄了彼身，徒留軀體，眾人會驚訝於我像是變成另外一個人，就這麼無愛、無歡、無望地過完這輩子。

走了千山萬水，這一間物理治療所就在我家街上的另一頭，但很莫名其妙的是，之前我從來沒有生出想要走進去的念頭。它靜悄悄地在那裡開張，玻璃門口用白色簾布遮起一切，望不穿。開車路過的人，也只是瞥一眼它的藍色招牌，車子便揚長而去。我曾經上網搜尋，沒有人分享看診經驗。

事實上，這陣子的我已灰心於尋覓醫生的過程了。多年來，重複述說自己的病史，抱著一疊燒錄光碟和厚厚的病歷，四處地說呀、笑呀，不管我聽見什麼回應，都要打起精神來，樂觀起來，裝出年輕人的樣子，裝作若無其事的樣子，收斂起真實的情感，保持著醫病之間應有的淡漠距離，內心並恐懼著這位醫生之後要告訴我什麼答案，恐懼著，等一下的治療應該又會很痛了吧，但往往最多、也最殘忍的恐懼是，當他們說：「對不起，無法幫妳。」

醫療，想到都令人反胃起來。可是此刻，我很需要有個盼望，什麼都好，讓我能夠活過今天。不對。不只是需要，而是如果再沒有一件事情可以期待，就活不下去。

「你好，物理治療所。」一個女性的聲音，接起電話。

「妳好，我想預約看診，請問這個禮拜可以嗎？」

「請問妳是哪一方面的問題呢？有醫生診斷證明書或X光嗎？」

「我有不明原因髖關節炎，已經很多年了，都不知道病因，治療無效。我去年開過清創手術，但好像變得更嚴重了。我有X光片。」

「我們最快要等到兩個禮拜以後喔。」

「……對不起，不能再更早一點嗎？」

「沒辦法，要等。」

「可是我怕……我怕兩個禮拜以後……我就不在了。」我對著話筒，努力忍住哽咽的聲音，但我想她聽得出來我的意思。

「這樣也沒辦法，我只能幫妳排在兩個禮拜後的週四，好嗎？」在一陣很長的沉默之後，我說了好，再掛上電話。

並不是你說要去死了，這世界就會心疼地拉你一把。人生是如此，奇蹟只在電影裡。我想，這間物理治療所大概也不能幫助我，嗅不出一點我們之間深有緣分的味道，就像之前所有、所有我去過的地方，見過的人一樣，可是我還能夠怎麼辦呢？我擦了眼淚，壓一壓眼睛，再深呼吸幾口氣，好讓鼻子不那麼紅，然後戴上一張正常的臉色、換上正常的聲音，一跛一跛走到樓上，先去赴今天約好、第一次見面的，又一個新的物理治療師。

壹 進入一個全新的世界

正在看這本書的你，以為自己會怎麼活過這一輩子？我的版本是：乖乖念書、認真考試、大學畢業、好好上班、結婚生子、平凡老去，煩惱臉上長痘痘很醜，要不要去做牙套，看朋友們又買了什麼新的包。

二〇〇四年十二月三十一日之後，這樣以生活經驗為基礎的假設認知架構，從此失效。

如果有命運之輪正在運轉，我感到自己掉進了一個輪圈與下個輪圈中間的縫隙裡，跨不過去了，我沒能跟上你和大家一起往下一個軌跡前進，我進入的是一個完全不曾出現在我想像中的、無論如何也預告不出來的全新世界。

小診所與大醫院

醫療代號　〇〇一—〇〇二

長廊的盡頭黑漆漆的，沒有火光。
我被引入其中一道門，裡頭只有一張鐵製病床，
天花板上頭有一盞冷光燈，看起來很舊。

二〇〇四年十二月三十一日，我的十七歲，新的一年等會兒就要來了。我跟朋友放學之後在長榮路附近的小店吃晚餐，身上還穿著冬季運動服。我選了一杯奇異果汁，一邊喝著稠稠綠色的液體一邊講話。其實我平常是不太吃奇異果的，不喜歡它的味道，也不喜歡驚喜，不曉得那時候為什麼要點這種飲料。我已經把高中畢業之後，五年內我要做的事情、我的夢想和要去的地方都計畫好了，並寫在本子上、仔細附上插畫塗鴉。

再過一年我就要十八歲，很期待可以去遠方念大學，可以自由自在地發展生活。朋友提議，我們一起把心願寫在紙條上，然後埋起來，大一那年的十二月三十一日再一起回顧，看看有沒有實現。我想沒有比這個更好的迎新送舊了。

走出小店，氣溫好低，我的身體僵硬起來。我們步行去附近的三角公園，坐在老路燈下的鐵椅寫紙條，一邊笑、一邊寫。草地是潮濕的，冷風颳著臉，那個燈光映照在紙上，使我們的心願看起來有點髒髒舊舊的。原本我們的計畫是要像電影一樣，把紙條埋在一棵大樹下面，做成時光膠囊，「啊！可是如果被雨淋濕，或是被狗撿走怎麼辦？」她突然靈機一動：「不然藏在書店裡面吧？」那時候，誠品書店是一個高中生所能接觸到最有氣質的地方。我們會在週末一起去逛書店，看看最近熱銷的作家是誰，小心用指尖感受新書封面上凹凸的印刷字體，坐在地上翻看，一個下午就可以看完半本。

推開商場的大玻璃門，臉上迎來一股和外面截然不同的溫暖空氣，木頭地板和木頭書架一寸寸堆疊進眼睛裡面，伴著人群的溫度和細碎軟語，烘出威士忌一般暖褐色的氛圍，方才在外頭的冷瑟都被燒散了。跨年夜的誠品，書本們浸泡在這種帶有韻味的甜蜜之中，等待翻閱。空氣裡滿是安穩的感覺，因為有一條迎接新生活的機會線，已被我們牢牢抓在手中，現在只消卸下過去一年的重擔，倒數分秒，悠哉地坐等它的到來。總會來的，未來的命運與機會不可能逃跑掉。書店裡面早已聚集許多人，大夥兒臉上都帶著微笑，在一排又一排高聳的書架間流覽遊走，或交頭接耳，或默默閱讀，用一本書承接新年，期待書給予今晚一些靈感，帶來對往後人生的啟示。

我們倆把兩張紙條摺了好幾折，直到變成一個小小硬硬的長方塊，接著尋覓藏匿的地點。如果放在歷史專冊那一區典藏著，感覺很優雅，可以為將來的時光熏上穩重的氣息，但華文世界的張愛玲、愛亞和蕭麗紅，才是我平日最喜歡的。日本作家太宰治、村上春樹所在的書櫃，一本本書的封面設計都很細緻，看著舒心，上頭的節錄語也意境深遠。四處巡了巡，最後我們最滿意的決定是，藏在外文區的莎士比亞後面，厚厚一排精裝原文書站滿書櫃，立得直挺挺像一列衛兵，正好可以守護我們的未來深嵌在書架縫隙之中，不讓旁人打擾。

《哈姆雷特》裡頭有一句：「To be, or not to be ; that is the question.」上英文課

時看過的，但我一直不明白這句話的意思，實在不懂一個人要在什麼情境之下，才會出現這樣的感嘆。這個年紀的我覺得，人生即使遇到了曲折，也都是美好的曲折，在破敗之中一定會有燦爛的一角。凡事都有意義，值得去體會，不是嗎？我是如此深信著。

零點一過，書店裡響起好聽的音樂，人們彼此互道新年快樂及擁抱。今夜跟好多人一起跨過新年，我開心地對自己說：「這是一個全新的開始！」在門口道別之後，我騎單車回家，深夜的冷風給了我一些前進的阻力，讓我更加用力往前迎接挑戰。我的腳奮力踩著單車踏板，想要對抗強風，但不知道為什麼每踩一下，膝蓋的後面就隱約疼痛，我從來沒有這樣過。「可能是最近太累了，快點回家休息。」我心裡這麼想，不以為意。

跨年夜後過了幾天，一晚我睡在床上，在一片漆黑裡，我感覺自己好像醒過來了，想要再翻身沉進睡眠裡，我踢了厚重的大毛毯一腳，卻在碰到毛毯的那一刻，突然驚覺這隻腳不是我的了，它像是要從骨盆分離出來一樣，沒有連接好，彷彿下一刻就會鬆脫。我開始有點緊張，又再踢了毛毯幾次，想要確認腳還好好地在我的身上，可是這個動作卻變得異常吃力。最後，我只要一伸直腳就痛苦萬分，我的鼠蹊部好痛、好痛、好痛！身體也躺不平了，背脊僵硬得拱起來。

怎麼會這樣？我一連換了好幾個姿勢，都壓抑不了疼痛，這種莫名襲來、生活中從未經驗過的疼痛感和斷裂感，讓我非常慌張。我整個人蜷在床上，心跳得很快，手摸上額頭才發現是燙熱的，距離好好入睡前才不過幾小時，現在竟然已經發燒了。

現實世界的複雜，應該是要隨著時光，以年為計，一點、一點被揭開的，有些部分甚至根本不該為人知曉，卻有時候、在某一處，發生了一連串的不應該，在人還沒準備好的時候，簾幕突然被暴烈地揭開，你看見了一大片怵目驚心的場景。你哭著說不要，卻一而再、再而三地揭在你眼前，被逼著看。

醫療代號：〇〇一，與這間小診所的初次見面、也是此生唯一的一次見面是在深夜，家人帶我急急求診了這家市區的小診所。它開設在兩條大馬路的轉角處，不曉得已經多少年了，但因為被天橋的樓梯遮掩住，隔壁幾家店又是賣些清爽的服飾、吃食，總覺得它十分黯淡，不像其他診所一樣生氣蓬勃，所以之前路過的時候不曾在車水馬龍之中特別留意到它，只是依稀有點印象：那邊有間小診所還是小醫院。

下車的時候，我已經寸步難行，只能勉強把自己身體「移」進去診間裡。它的招牌掛著某某醫院，但我覺得與其說這裡是醫院，其實更像開在透天厝裡的診所，只是在二樓附設了幾張病床。它和印象中大而明亮、制度化的綜合醫院比起來，空間非常狹隘。門口處的掛號櫃檯上立了一座暗色系的木拱門，隔開掛號小姐與患者，一樓擺著幾張長木椅，像是擺在鄉間火車站裡瀕臨淘汰的那種蒙塵的古早的設計。診所裡面年久失修的木造內裝看起來很破敗，與同一空間裡面昏灰不明的日光燈、還有慘墨綠色的冷磚地板聯手，在深夜裡幻化出一個吃人世界來。

負責看診的中年男院長似乎剛睡醒，他走來診間時，穿得跟我家巷口出來倒垃圾的歐吉桑一樣邋遢，讓人有點不放心。可是當時的我對世界充滿著樂觀的信任，醫生是日常生活中遙不可及的專業權威，我心想：「他應該什麼都知道吧？」他檢查我的右腳髖關節處，沒有外傷、沒有紅腫、沒有熱熱的，他說，他不知道為什麼會這樣。總之有發燒，看起來是發炎吧，那麼就先打點消炎的東西。

我手腳並用地爬上二樓，在樓梯的迎面處看見一個長條走廊，旁邊是用薄木板隔出的幾個小房間。長廊的盡頭黑漆漆的，沒有火光。我被引入其中一道門，裡頭只有一張鐵製病床，天花板上頭有一盞冷光燈，看起來很舊。我的右腿鼠蹊部持續像火灼一樣刺痛，只有抱住膝蓋的時候才能稍微舒緩，我坐在床上，背部靠著床頭微微落漆的鐵杆，靜靜等待有人來幫助。

在我求診之後不出幾年，這間小診所就疑似因為違法而關門大吉。很多年過去我才瞭解到，當下那樣晦暗的情景在我的生命裡是何等意義：在披頭散髮、白著一張臉的護士（當時還沒有護理師正名運動）為我注射類固醇的那一刻，宣告了接下來十二年的困獸之鬥。

在反覆發燒兩週之後，我和家人才像是如夢初醒，轉到本市最大的教學醫學中心去看診，家人後來對於第一晚的就醫決定也感到疑惑：「我也不知道那時候為什麼要帶妳去那個地方？」我不會說〇〇一是庸醫，頂多只能形容他是一個湮滅證據的小賊。在這一座兩端分別是不同命運時空的橋上，他撕碎了我的回程票。原本我可能只是在人間進行一趟冒險犯難的小旅行，終將變成一場陰與陽的穿梭，而且無法回頭，我只能一直、一直走進黑洞裡。抽血檢驗的日子、照X光的日子、在身體上瘋狂戳洞的日子，痛得走不動也睡不著的日子，永無止境。

我在醫療代號〇〇二這間大醫院裡面，陸續轉過急診、骨科、內科、家醫科，教學醫學中心設備完善、人才輩出，但所有人最後的結論都是「再觀察、再追蹤」。意即他們也不明白發生了什麼事情才造成這種狀況。某次看診的時候，主治醫師交代我要當場做關節液培養，看看病因是不是細菌感染。在人來人往的急診室裡，一位護理師拉起白色遮簾將我的病床圍成一個棺材樣的長方形，我不知道怎麼會有這麼多人圍觀，幾位實習醫師在旁探頭觀察，但我似乎無法拒絕他們在場。其中一位住院醫師急忙走進來，從護理師手上接過長針，要我即刻露出大腿和陰部之間的鼠蹊部，他說他要把針刺進去抽關節液。

突然聽到這樣的指示，我真的很害怕，可是全部的人都在等，我只能勉強自己快點冷靜。醫護人員聯手壓開我的大腿，當第一針刺進去的時候，我就大喊了。長長的粗針在肉和骨盆裡面鑽來鑽去，住院醫師非常窘迫地尋找下手點。那種被侵犯的感覺好難受，我快要忍耐不住，心裡拚命掙扎著：「這是我的隱私，可不可以不要！」我知道抽關節液做檢查是必須的，可是滿腦子都是抗拒，好想保護自己，卻只能大叫，用力緊緊抓住家人的手。第一針好像刺錯地方了，所以住院醫師又刺進去第二次。全部結束以後，我哭著坐起來，手裡揣著揉成一團的衛生紙，眼睛盯著鼠蹊部的兩點針痕。

我很清楚知道這並不是無法忍受的痛，但是很詭異，也很丟臉。下個禮拜回診，醫生說檢查結果是「裡面沒有細菌」，所以病因依然是：「不知道為什麼會這樣。」也許是因為距離病發日已經過了十四天，細菌自生自滅了；也許是原本就沒有感染，也許是生長痛，也許是某某原因。但是不知道。沒有人知道。我已經被「處理過了」，所以大醫院裡每個接手的醫師都摸不著頭緒。

病歷上寫著：

About 14 days ago, R hip p. before saw a LMD, giving her oral antibiotics, fever and p. settled. Then fever relapsed. three episodes of R hip p.（十四天前，右髖疼痛，曾求助地區型

醫院，施以抗生素，發燒及疼痛緩和。之後再度發燒，三次右髖疼痛發作。）

我開始可以同理為什麼有些人一生病就堅持跑到大醫院去，不顧別人批評浪費醫療資源。在此之前，我看過很多人嘲笑生病的人大驚小怪、不尊重醫療分級，但人是肉做的，只有在身體健康、感到安全的時候，才有辦法揚著理性的旗幟說嘴。由於沒能感受到莫名生病時，因為恐懼而急速上升的心跳，思緒也不像包包裡亂成一團的耳機線，肩膀上沒有突如其來的僵硬感，內心還保有自信的餘裕，還是一個身心完整的正常人，所以篤定自己生病時可以憑著理性行事，還不曾體會一旦被誤診或沒有治療完全，帶著病根轉到大醫院，是沉重的壓力，責怪自己當初為什麼做了錯誤的決定。

當時正逢農曆新年，本來應該是喜氣洋洋的假期，長達一個多月的夜晚我卻都難以入眠。鼠蹊部一動就痛，整條右腿僵硬得很。那時候物理治療的資訊還不發達，我們沒有先冰敷後熱敷，或是什麼時候適合熱敷的觀念。在家走路的時候，我必須仰賴左腳。每當需要從床上坐起身的時候，我就得用手搬自己的右腿，慢慢移動到床沿。這個習慣，或者說是必要之惡，一直延續了好幾年，以至於如今雙手的手腕處有時會隱隱作痛。

面對專業醫療人士的束手無策，我和家人用自己的方式嘗試解決問題。吃〇〇二開的止痛藥無效，我就把暖暖包敷蓋在右側鼠蹊部和右腳膝蓋後方，會感覺舒服一點，可惜暖暖包的威力只能撐一下子，很快就沒用。有幾次篤信中醫的家人叫我泡熱水澡，因為他認定我一定是腳的「濕氣」太重，才會痛得走不動，我只要遵循古早自然療法，多多流汗把毒素排出來就可以了。泡完當下我確實感到比較放鬆，可是過幾個小時之後，腳的痛感又再度灼燒起來，而且更加嚴重。每個晚上，我就在開燈檢查、關燈疼痛的許多次循環之中殺掉時間，不曉得該怎樣才能舒服入睡，直到累得失去意識合上眼，卻又總是睡一下便痛醒。

從小到大，我沒有參加過任何體育校隊，右腿患部沒有紅腫、沒有發熱、沒有外力撞擊、近期沒有劇烈運動，所以包括我自己在內，所有的人都對我的腳感到非常不解。這是我生命中第一次遇到身體失能到需要別人貼身照護的狀況。家人常在半夜聽到我的呻吟或哭聲一起醒來，到房間裡探視我，摸摸我的頭、揉揉我的腿，可是也愛莫能助。

面對新的、生疏的事物侵入生活，我的心情怯怯不安，可是其中又有一絲絲興奮與好奇，雖然有這樣的情緒很誇張，但我不能不承認它們確實存在。我還偷偷在心裡演過一齣生離死別的連續劇，想像自己得到一種罕病，在性命垂危時一定會出現某個人來拯救我，幻想我是特別的人，命運會不同凡響。身體都痛成這樣子，腦袋還能想出這些無聊的事情，我真不知道該誇獎自己還是嘲笑自己。而現實就是，我並不是什麼特別的人，命運也沒有不同凡響，我只是無知的十七歲少女活在像真空玻璃罐的世界裡，胡思亂想自己日後可能會遭遇到什麼悲戚或浪漫的、實則通通不合理的情節。我還不知天高地厚，還沒有被潑得一身腥。青春時的難堪，如夢似幻，能寫成詩；長大才知，成年後的難堪，便是公廁的尿騷味和蓋滿泥巴鞋印與積水的地板，如何都找不出來美感。

房間有扇大窗，有天傍晚我躺在床上，視野正對著窗外，陽光已經軟弱得可以直視。我看見淡灰色的雲聚攏在一處，斜斜地和天空剛好劃出一條對角線，一邊滿是灰雲，一邊是晴朗天幕，而居中的紅鴨蛋夕陽西下，逐漸落地的過程裡一點一滴把整個房間染紅。那不是生氣盎然的紅色，是帶了一點褐色，好像乾枯掉的暗紅色。天色變化得很快，風景很好看，可是我只看得見這扇窗戶裡的畫面，沒有其他了。那是我第一次感到對生命力消逝的害怕，心裡難免想著：「如果接下來的一生，我都必須像這個月一樣只能躺在床上，我該怎麼辦？」

民俗醫療的風景

醫療代號　〇〇三—〇〇七

他們每個人都各有一套打江湖的本領，
一下會在你身體這裡磕磕碰碰、一下在那裡東敲西打，
無法保證成功或失敗的機率。

如果你或者你的家人生過大病一定明白，每當生病的消息散布出去時，眾人的善意也會隨之湧入，你一邊會覺得心暖暖的，一邊卻也感到壓力。這些接踵而來的偏方、醫療，儘管有些方式我不認同，但是當年社會經驗和接觸資訊皆不足的我（那是沒有搜尋引擎的年代），為了讓親友安心，只能依循他們的話一一去體驗。

我有位家人只信中醫、反對西醫，他認為「西藥都是毒藥」，這個觀念其實

也深植於十幾年前許多台灣人的心中，他並不是特例。因此剛開始出現病況時，我除了去正規醫院，更多的行程是探訪各地的民俗醫療聖手。醫療代號〇〇三、〇〇四、〇〇五、〇〇六、〇〇七可以被視為一個台灣民間醫療的集合體，那些小診所大醫院無法療癒的痠、痛、苦、悶都會自動匯集到他們手上，是大家身體不爽快時去找「師傅仔」的日常縮影。

這些師傅仔在科班養成、講求實證的檯面上醫療系統以外生存，遊走在醫療和保健之間的灰色地帶，治好了說是神醫，治不好就當作保養身體，可見這一行嘴上功夫和治療功夫同等重要。他們每個人都各有一套打江湖的本領，一下會在你身體這裡磕磕碰碰、一下在那裡東敲西打，無法保證成功或失敗的機率，事前也沒有簽風險同意書，一切仰賴他們的經驗或某種神祕力量，總之應該是一門穩賺不賠的生意。黃頁上可能找不到他們的電話號碼，大家多半藉由親友之間的口耳相傳，想找店面地址最好直接問當地人或檳榔攤比較快，屬於地方的奇人異事，教人半信半疑。

〇〇三是一個很受家人信賴的私家中醫師，堪比古代整個部落依附的我族巫師，他書桌後方那個裝載了滿滿手寫病歷的玻璃櫃中，有我們全家人的病史紀錄表。家中誰哪一年得了中耳炎落下病根，他都瞭若指掌。從小到大，我每次感冒生病，都去給這位中醫師看。可是他年輕時因為自恃氣盛，不肯參加他認為又蠢又笨的國家考試，所以至今沒有取得開業執照，當然也無法掛招牌營生，只能隱身在民宅裡面看診。證照不能代表一個人的醫術好壞，否則國術館、經絡養生館不會總是生意興隆，許多科班出身的物理治療師卻沒沒無聞，民間療法中似乎有些小診所大醫院值得參考之處，不管是神祕的醫術，或者是胡說八道卻能安撫人心的嘴。

〇〇三過去把脈、開藥都很管用，這次卻完全失靈，證實了世間沒有永遠厲害的醫生。即使當過我十幾年的家庭醫師，對我瞭若指掌，〇〇三也無法幫上忙。我猜想醫病之間可能有另外一種神祕力量在運作，就像談戀愛那樣，一個人的好也得要遇到對的人才能發揮，否則就是努力湊合在一起，也是留下傷疤的折磨。技術高明的好醫生不代表可以在這人海中無往不利。

〇〇四是一位長輩介紹的密醫，關於他的江湖傳言是，此人以前是做工的，某次在工廠操作機器不慎，把自己的手臂切斷了，沒想到撿回一命之後他就獲得神力，從此像通靈一樣，只要觀察一個人的眼睛就可以知道對方的健康狀況。不僅如此，傳說他還會治療癌症，某位親戚的大腸癌就是在他的幫忙之下好轉。

至於醫療代號〇〇五這間科學中醫診所，長得就是大家想像中的那樣子，玻璃門、白牆壁、幾排水綠色連坐塑膠椅、然後櫃檯旁邊放了一盆大葉子綠樹，診所裡面有濃濃香香的中藥味。〇〇五中醫師號稱自己什麼疑難雜症都會看、都能看，主力客群也是一群深信「西藥都是毒藥」的民眾。從診間走出來的患者，多半都會獲得睡眠不好、氣血不足、腸胃不好等評語，總之萬變不離其宗：「百病從口入。」

在他們之中，有的人說我是身體太潮濕了（跟家人說的一樣），不能吃某些食物，於是我的腳痛只要一嚴重，就被眾人質疑我一定偷喝冰水、一定吃到太寒或燥熱的食物；有的人自稱經驗豐富，說他光看到我的第一眼就已經斷定，我是天生的長短腳，言之鑿鑿。還有一位在觀察完我的眼皮和舌頭之後，說我缺乏營養，必須吃牛肉補充蛋白質，於是從小不吃牛的我只好開始破戒了。

接受以上三位的指導一陣子之後，我的生活改變了，但很遺憾我的腳並沒有改變。沒關係，身為台灣人，我還有傳統的跌打損傷可以看，台灣大馬路上最不缺這種店家。這塊市場可以分為隱居型及鬧市型兩種，共同點是店裡必備拔罐器，就像醫療代號〇〇六這位半路出家的師傅，他是屬於隱居型，在非常偏僻的鄉下透天厝做生意，從市區開車要開得老遠，我們還在鄉間迷路，問了幾個當地人才找到。這種師傅仔平時究竟靠什麼營生，沒人搞得清楚，治療多半不是其正當職業。

他並沒有天天開門，去看診之前得事先預約，準備開門營業的時候，他才會在客廳擺出幾張木頭長條板凳，自宅就搖身一變成為診所。他除了幫人喬筋弄骨，還兼賣裝在大玻璃圓缸裡的草藥水和補酒，有人想買的時候，他會旋開紅色的大塑膠蓋子，把缸裡頭黑到發紫的草藥水撈起來，再用塑膠漏斗裝到看似洗乾淨的米酒空瓶裡，至於瓶子有沒有消毒就不得而知。他說，這些都是自己上山採藥之後拿來浸泡製成，隨著每回採到的原料不同，每一季還會有新鮮貨，回家喝了可以強身健體。可能是草藥水喝太多，他皮膚看起來也水腫發黑，挺著一顆大肚子。

我被帶去〇〇六的家整骨時，他說我的病因是：「骨頭歪了。」他先要我整個人趴在細細的長凳子上，接著發出啪、啪、啪幾聲，他大力壓完我的脊椎和骨盆之後，治療就算大功告成。離開之前，他交代我一定要小心呵護，不要亂動喔，免得整頓好的骨頭會「啪一聲」跑掉。「這樣子骨頭就會跑掉？」我笑自己是百年難得一見，用疊疊樂組成的人，連樂高小人都沒我那麼脆弱。果不其然，剛坐上車要回家時，我只是稍微換了個姿勢，不小心在椅墊上「啪一聲」，就這麼破功了，本次療效維持不到一個小時。回到家我的腳還是很痛，還被家人質疑我為什麼要亂動，可是我實在不知道自己做錯什麼，骨頭怎麼可能因為一次單純的換姿勢而歪掉呢？這實在是世界十大不可思議。

到此為止，不可思議的狀況太多，專業人士和旁門左道都搞不清楚狀況，我和家人也越來越迷惘。以前在新聞上看到病急亂投醫的情況，都覺得不可思議，怎麼人會如此盲目，如今我稍能同理了。多年後回想，我不怪十七歲的自己接受或相信這些醫療行為，畢竟這些人都只是小菜一碟罷了，真正的主菜還在後頭。

蹩腳的青春

不論是身體的活動度，或者心情的開朗程度，
都不再跟以前完全一樣了，
很多時刻不能跟朋友「一起」共度、共享，
自己的位置也就被取代。

等不及完全好起來，寒假就已經結束了。開學以後我還是請了一陣子的假。剛回到班上的時候，高中同班同學送給我一張好大的卡片，信封還是手繪的，我收到時好感動也好害羞。最會畫畫的女同學在封面塗鴉，寫上：「雖然男護士很帥，姐妹等著妳回來呀呀呀！」大家在卡片裡面七嘴八舌：「很想念妳喔！」「聽到妳生病，我的心很痛咧！」「考試前身體不舒服，一定很難受！」「在這

種時候生病真是辛苦了！」「看著妳空掉的位子好虛……」那段日子來自許多同學的加油，可能是我這輩子聽過最純真、最輕盈的。高中女生們在說加油的時候，總是非常認真，像是小心翼翼把這兩個字抱在手心上一樣，等來到對方的面前，再開朗地伸手遞送出去。收到這樣的「加油」，很像收到了爽朗的春天。那個時候的我們都還相信，未來一定會是美好的。

少女的友情是參雜了愛情的，每個人都期盼自己是誰的一部分，不要落單。這裡頭雖然沒有肉體的慾望，但有一種對歸屬感的需求。不管做什麼都想要找人作伴，走在路上都像是一對對的情侶。最好的模式是兩兩一組，又能成群結隊，組成強大的小圈圈。

原本總是和我走在一起的H，在我的腳不能應付日常活動和下課亂跑之後，她漸漸加入了另外一個群體。她拉著其他同學去學務處，吃午餐，去合作社，一起去補習班試聽。儘管我和她還是會在上課時傳紙條，談一些心裡話，她稱我是最懂她的靈魂伴侶，但我總覺得我們之間好像不如以往親密，她離開我了。

我們變成這樣，是因為我的腳嗎？我內心扎扎實實地感覺到一股被拋棄的委屈。不論是身體的活動度，或者心情的開朗程度，都不再跟以前完全一樣了，很多時刻不能跟朋友「一起」共度、共享，自己的位置也就被取代。那也是我第一次感受到，一個人若被老天爺擺到光譜上不是常態的地方，很可能就會在旁人的視野中慢慢褪色，被無聲地淘汰掉。即使自己曾經是對方十分重要的人也一樣。

在H逐漸離開的同時，我得到了一個新朋友。換位子的時候，我的座位前方來了一個害羞的女孩M，她新轉來我們班，還沒什麼朋友，不知不覺我們就繫在一起。我從小到大總是跟一群人笑笑鬧鬧的，很少擁有過這麼含蓄的朋友，但是也許只有像她一樣恬靜和安於平淡的性格，才能夠接納當時那麼麻煩又無聊的我。

我從中得到一個往後使我執著了好幾年的經驗，即使是花不繁葉不茂的人，只要在這世界上還有另外一個人陪在一起，日子也會漸漸染上屬於彼此的、很溫暖的顏色，不會比別人失去什麼光采。「只要還有人陪就可以了，就算只有一個也好，就是不要剩下我自己。」對於如何與疾病共處地生活下去，我是這麼想的。

她是這段時光裡最溫柔的回憶之一。我們一起走在校園裡的時候，她就好像我的拐杖。像是某個下午要從家政教室回到班上，大家都先回去了，M撐著我的下手臂，我們彼此身體互靠著，從游泳池前面的紅磚地出發。我的腳一拐、一拐扭上磨石子樓梯，一手撐著塗了透明厚漆的木頭扶手，一手倚靠她，好不容易爬到二樓，鐘聲已開始響了，叮叮咚咚在催促人。這下進教室一定會遲到，我急了，可是自己卻走不快。腿為了不要疼痛而僵直著，卻又因為僵直著而更加疼痛。我終於忍不住說：「好累，先休息一下。」她一貫溫柔地說好，然後我們兩個白襯衫黑裙子，就立在二樓走廊上，靜靜的。午後的微風掠過白色欄杆外幾片大花紫薇的花葉流過來，流到我們的腿邊、裙子邊、我們的胸前、我們的臉和頭髮上，我整個人好像被涼涼的水包圍著，腳好像也不那麼熱了。我們相視而笑，她慎重地對我說：「加油。」像是要把春天送給我一樣。

下午的陽光不怎麼盛，天空白白亮亮的，風把四周的聲音都帶走了，把所有人也帶走了，只剩我們在這裡，我就不用擔心別人看見自己，不用回答：「為什麼上課了，妳還在這裡？」的問題。我的頭向著前方，眼睛覺得路不長，腿卻覺得路好長。當時不只這一條路，校園裡所有的路對我來說都顯得漫長。「不方便」，這句話說起來只有三個字，帶來的挫折感卻足以長篇大論。我全身只有一隻腳痛著，但是生活也隨著其他身體部位萎縮，心情也跟著怪異起來。

我們好不容易回到教室，英文老師靠在講桌邊跟同學聊閒話。英文老師是一個矮個子男人，頂上只有幾根短毛，又戴著圓眼鏡，有一張圓胖臉，因此看起來有點猥瑣，可是實際上他的個性是很可愛的，全班同學都很喜歡他。所有人看著我進門，默默地一扭一擺向座位走去，全班靜悄悄的。「哎呀！走那麼辛苦，怎麼沒有叫我去接妳？」終於，英文老師劃破沉默，故作輕鬆地對我說話。我低頭沒有看他，嘴角抿著笑，心裡很謝謝他為我打破尷尬的好意，一手握拳另一手靠在拳頭上，對他比了一個古代武人彼此致敬的手勢。他笑了，全班也哈哈笑了。

有一天掃地時間，體育股長跑到黑板前面宣布，班際排球比賽要開始了。在女中裡面，每學期的盛事就是排球比賽了，每個人穿著深藍色小短褲，頂著睜不開眼的日頭打球，不管打得好不好都要上場參加，因為這是大家的青春。她在講台上頭分配隊伍，唱名誰誰誰是第一隊、誰誰誰是第二隊、誰誰誰是候補。我聽見她問：「那……子瑜的腳可以嗎？」我搖搖頭，最後成為了——啦啦隊。

幾次下課的時候，全班抓緊時間去練排球，我一個人趴在桌上裝睡，想要裝作自己心情調適得很好的樣子，耳朵裡塞著耳機，把同學三兩群離開教室、鬧哄哄的聲音隔在外面。陳綺貞在我的耳邊慢慢低低地唱著歌詞：「喜歡一個人孤獨的時刻，但不能喜歡太多。」這首歌很沉悶，聽的時候好像有重力壓在自己身上，難以呼吸。我想這樣的沉悶似乎是太多了，擁擠得眼淚一小顆、一小顆掉出來，可是我不能抬起頭來擦。

腳過了一陣子還是沒什麼起色，走在學校裡，我會收到許多同學投來淺淺的點頭示意，以及彷彿瞭解什麼、實際上卻什麼也不瞭解的眼神。原本應該鮮明亮麗的高中生活，可能因為滴進了眼淚吧，變成水彩的顏色，而且還是加了太多水的那一種。色澤越來越淺，就算我使勁也刻畫不出什麼痕跡來。也許是我太彆扭，無法好好接納別人的善意。每個人都在為升學考試努力，寫數學練習題、背英文單字，還有填充完那些永遠做不盡的社會科測驗卷，已經夠煩了，我卻還比別人多了生病的煩惱，我很氣，我不想要自己看起來很奇怪！

為什麼我變得那麼奇怪？

要拍畢業照的前夕，學藝股長問全班，畢業紀念冊上面只要拍個人照，還是要加拍一組、一組小團體的照片？班上同學還沒有定論，但我就開始想，拍照那一天我可能會有的窘境。M是我的同伴，絕對不能丟下她，但她的其他朋友我都不太熟。如果和H她們，就不能和M一起了，更何況H她們的人也太多了，可能容不下我。我在腦海裡不斷地排列組合，最後發現我不屬於誰，誰也不屬於我，同類到底在哪裡？我想像在椰子樹下面、水池前、司令台前，同學們擺出不同的動作和笑容拍照，只覺得自己很孤單。

學測大考要到了，我卻一直想著這種事情。什麼時候我失去了一群好朋友在一起的快樂？我在日記裡寫下對H的發洩，「如果真的是好友，妳怎麼會這樣對我？為什麼要放我一個人？因為妳也沒有安全感……」

接近畢業的那陣子，我和H講開許多遍，當然和好了，是應該要像個大人一樣成熟地面對，過去的就過去，我們彼此依然喜愛著對方，可是我好像從中發現了一個不該碰觸的祕密，一個隱藏在人際交往之中不能點破的祕密。我們可以分享日常的快樂，可以在遇到困難時扶持一把，可以相交情深、感動心靈數年之久，然而一旦我落後，若不慎在地上爬不起來太久，這份感情也會隨時離去。我開始不太確定，人世間的感情是怎麼一回事？

滅絕師太登場 醫療代號 〇〇七

過程中她會數次強調「一定要放鬆」，因為如果不放鬆，我可能受到其他傷害，讓人聽了更害怕。要我一邊驚嚇又一邊放鬆，實在很為難。

同樣是看跌打損傷，〇〇七比之前的〇〇六稱頭氣派多了，這是市區一間政府立案的經絡整療中心，還是體育老師介紹給我的。她看到我一跛一跛走進教師辦公室，問清楚後直接大喊：「妳傻了，怎麼沒有早點說！」並報給我這家整療中心，說田徑隊的同學如果運動受傷，都會到這一家看，包含她自己本人也是在這裡接受治療好幾次，聽起來就很厲害。

執掌經絡整療中心的人，是一位英姿煥發的紋眉短髮女子，眼神犀利，整個人看上去就像峨嵋派掌門滅絕師太，嗓音略低而有威嚴。她總是穿著白短袍，忙碌地在店內走來走去，穿梭在我們這些凡夫俗子之間施展功夫，步行時虎虎生風。每當她經過身邊，我都可感覺到一種霸氣外洩的自信。

師太看了我的腳，鐵口直斷：「髖關節出問題，就是膝蓋出問題，要看膝蓋！」我跟家人聽得一愣一愣的。於是，我就在她的峨嵋山上整治了一年的膝蓋，每週一、兩次，下課後直接搭車去，等回到家，整身制服都染上濃濃的藥膏味，直到上大學還偶爾會回去看診。

每次去的程序都一樣，我先解開衣服趴好，讓師太麾下的仙姑們用透明拔罐器推遍全身，幫忙放鬆，下床之後身體會紅通通的，特別是背部，就像煮熟的蝦子一樣；等到滅絕師太有空，我走到凳子上坐定，把膝蓋抬上她的大腿，她的武功絕學就要登場了。

她在我對面坐下，開始用拔罐器來回滑推我的膝蓋和脛骨，直到皮肉紅紅的，接著以手掌的虎口大力地推壓膝蓋周邊的組織，就像是有人一直使勁猛揉猛搓你瘀青的地方一樣，這真的很痛！可是這些只不過是皮肉痛，還算不上什麼，接下來才是整段治療的精華所在。師太會先用雙手全力握緊我的膝蓋，再下達一道：「來嘍，妳要放鬆喔！」的指令，隨即猛力地上下甩摔我的膝蓋，那動作好像乩童拿著香在上下用力揮舞一樣，連摔了好、幾、回，直到膝蓋突來一道痠痛、或唬了幾聲，師太認為筋骨「正位了、進去了」才會罷手。打完收工之後，她會把有著青草香味的濕藥膏敷上膝蓋，再用白色紗布厚厚地纏起來。

過程中她會數次強調「一定要放鬆」，因為如果不放鬆，我可能受到其他傷害，讓人聽了更害怕。要我一邊驚嚇又一邊放鬆，實在很為難。剛開始的幾次我都想哭，很怕腳受不了這樣的治療方式，會變得更嚴重，甚至造成不可挽回的後果。師太不耐煩，就讓我自己一個人坐在旁邊先自我心理建設，附近還有好多患者在排隊等治療，年長的阿姨、叔叔們包圍著我，碎嘴著：「妳做了就會好！」「我家小朋友來做好幾次都不會怕，妳為什麼要怕？」在這樣的眼光下，即使心裡有擔憂，我只能快點壓抑下去。

往來峨嵋山的日子拉長，腳確實有變好的感覺，隨著每次進步，也越來越能行走無礙，大家都覺得我應該是找對人了，至於「病因」就先擱置吧，畢竟有好轉才是最重要的。我逐漸習慣並安於這樣的粗暴式治療，任憑她摔著我的膝蓋也不太反抗，成為一名熟客，雖然我仍抱著一點懷疑，不知道這麼做是好是壞。但想歸想，我心裡還是存著僥倖的。我不覺得「自己會一輩子這樣」，我安慰自己，又沒有做傷天害理的錯事，我會好起來的。這件事應該就跟國中時出車禍，結果手臂脫臼又可以喬回來一樣吧，只是一次讓我的身心變得更加強壯的關卡，只要勇敢度過，我就會比別人多出寶貴的經驗與生命深度。

如果，我的人生後來真是那樣，該有多好？當時的所見所聞盡是一些很瞎的事，回想起來真的很好笑，可是笑之中又有更多悲哀，只是我在人前笑，悲哀收在自己抽屜裡。那是一段動輒得咎的日子，活在眾人的嘴皮子裡，因為時時刻刻都有人在幫我猜測原因、推演病情，或者指責我不乖，「我到底怎麼了？」人人有答案，個個沒把握。從發病到現在，連一個病名一個理由都沒有，我就變成了跛行的人，晚上痛到睡不著。

十七歲的我在日記上寫著：「我想有一個任意門，只要能回到『那個時候』就好了。因為，不停地迷失，不停地釋然，我覺得好難過。並不是膽敢有什麼對於現狀的不滿足，可是常常我希望睡著了之後，明天醒來這一切都是假的，都不是真的。」

遇見黑道大哥

醫療代號 〇〇八

他說自己早年混過江湖，
後來跟一位師傅學到這門指針筋絡的功夫才開業，
手法是以手指頭作為針，像針灸一樣深點穴道來治療患者。

停好車在大馬路上走一段再拐進小巷，別有洞天。運河周邊這一帶是台南有名的觀光區，幸而古厝改建的民宿、咖啡廳還沒有延伸到這個街廓，這裡沒有脖子上掛著相機的遊客和外來小販，只有常民生活。以一間小廟為中心點，一棟棟透天厝接連排列，向外展出翅膀，組成一個堅固的T字形。廟裡供奉的是在地信仰，並非眾人熟知的大神，旁邊一棵榕樹就是街坊鄰居的交誼場所。午後的陽光像熟透的雞蛋一樣扎實，使人看不見天空有什麼，只能瞥一眼就低頭了。輪椅族和太太們在閒話，小孩子四處亂跑找樂子玩耍，還可以看到幾攤擺在地上的青菜、雜貨零嘴和魚販，都是囝賣囝做、打發時間的老人工。

在排成一列的住家透天厝中，有一座三層樓的老宅跟別人不一樣，它敞開著木頭大門像在等待客人上門，似乎是做生意的。老宅入口擺著一碗風水寶盆，裡頭有顆小圓球在雲霧上不停轉動，潔白的牆面上掛有好幾幅書法，角落則有一方大大的深色木桌。再往內走有兩張美容床，上面鋪妥整潔的金黃色床巾。裡面的地板和樓梯扶手都是用灰白點點紋路的磨石子砌成的，窄窄的古早樓梯面還不及一個腳掌寬，需要小心踏步，得踩得穩穩的才不會跌倒。走上二樓還有一個房間，裡面有一只高高的深褐色木櫃，長方鏡黏貼在櫃門上，水銀都斑駁了，連窗戶小門和窗框都是用木頭做的，只有天花板懸吊下來的電風扇是最現代化的設備。房子舊而不破，給人一種安適沉靜的感覺。

穿著白色工作服的主人聽到我們打招呼，從一樓最底的廚房走出來，是一個矮壯的中年男子，笑容看起來很親切。他頂著黑道大哥一般的平頭，大面方頭，氣色紅潤，兩眼炯炯有神，聲音穩重，自稱「黃老師」，這是我的第八位醫生，醫療代號：○○八。他說自己早年混過江湖，後來跟一位師傅學到這門指針筋絡的功夫才開業，手法是以手指頭作為針，像針灸一樣深點穴道來治療患者。

升上高三之後，我的腳在滅絕師太的整頓下有逐漸好起來，因此我對身體的恐懼感也逐漸被升學焦慮取代。我每天在家裡、教室和自修室之間往返，多半時間是坐在書桌前面，和其他同學一樣寫模擬考卷，全心全意準備指考，唯一散心的方式就是和朋友去吃學校附近的小吃，或是逛文具店。等到成為大學生之後，腳痛的陰影更是煙消雲散了。在台北的學校裡，青春散亂滿山開得正茂盛，每個同學都忙著上課、參加社團和活動，接觸更多和更野的人事物。我也跟大家一樣玩著笑著，只想擺脫以前那些很煩人的事，不去管。我的腳生病，那只是個回憶，已經跟我的日子無關了。

大一的我練系籃、跳啦啦隊，即使出了車禍在北宜公路上摔歪尾椎，也很快就又生龍活虎起來。上大學的第一個暑假，我到海邊樂園打工，和新認識的朋友一起玩盛夏的北海岸。年輕的日子就像夏天陽光下的海水泡沫一樣清爽，黏人燙熱的沙子即使沾上腳，只要等乾了再拍掉就好，一點也不礙事，以至於當我要升上大二的暑假，右髖關節第二次「怪怪了」的時候，我還不太在意。

人總是在自己處於痛苦當下的時候，才會感到人生之重，感到生命有不可消受之事，但也總是在自己恢復承平日子的時候，忘卻煩惱的重量，並且自大起來，以為自己有多驍勇。無一例外，更別說是那些未曾沉浸在痛苦之中的他人了。眼觀別人之痛苦，無法同理是人性；能夠同理，多半也是出於懂得自憐。

晚上躺不平就算了，整個暑假我就睡地板，只要把腳蹺高到床上，讓身體呈九十度，一樣可以和朋友講電話講個沒完，我還能大聲笑得出來，對外頻頻說可能只是太累了又復發而已，多休息就沒事。我心想，反正之後腳就又會自己好了吧？可是過了幾個月，髖關節還沒有完全恢復正常，有點痠、有點緊，活動幅度也不像以前那麼多、那麼自然。親友介紹黃老師給家人，說可以帶我去看看，於是我就在學期中被叫回南部。對一個北上念大學的南部小孩而言，回家一趟的車票錢實在很貴，我不想花錢回去看診，還覺得家人有些大驚小怪，心裡擔憂的是，四周都是健康活潑的年輕人，大家熬夜、亂吃、亂衝，什麼都敢試、什麼都不怕，我如果那麼嬌貴，無法跟上大家的步調，看起來會多麼突兀。

第一次給黃老師治療，我趴在美容床上，按照他的說法，全身逐一被他「點穴」。只有幾個地方痛得特別難耐，大抵上都能夠接受，即便會唉唉叫，那成分也是和老師撒嬌居多。治療完之後，我立刻下床走路：「咦，好了耶？」腿變得好輕鬆，感覺很正常了，因此後續我又南北往返治療幾次，並且利用寒假回南部時頻繁來此。我曾經問他：「為什麼我的腳會這樣子呢？」他總回答是我的身體太潮濕了，筋骨不好。就跟之前看過的中醫一模一樣，大家都給我「潮濕」這個說法，但我實在想不通，一個人怎麼可能會因為身體潮濕而跛腳？我好想乾脆把自己扭成一團，像在擰乾衣服一樣，把多餘的水分都逼出來。

每次來做一個小時的治療，身體痛癢歸痛癢，心情卻很輕鬆，多半是和黃老師說說笑笑、閒話家常度過。治療到尾聲的時候，慈愛如自家長輩的黃老師會幫我點燃一小束艾草，那強悍的氣味通過鼻子時，感覺就好像赤腳走在乾旱、粗礪的石頭路上，一步一步摩擦著，拭去身心的粉塵。右腳從此安分了三年多，即使有時會痠痛，有莫名的瘀青，也因為水腫看起來不太美觀，但我活動自如。黃老師於我是一段祛除煩躁的平靜記憶。當時我覺得自己遇到可靠的貴人，信賴他就好。我相信再一次，壞事會迎刃而解，然後變成回憶。

規律接受治療之後，我可以開心地和三五朋友一起去操場跑步減肥，我們揮汗跑完之後，在有星星的晚上，坐在平坦草地上，一起大肆聊天唱歌，再一起去吃消夜胖回來。我可以上公用蹲式馬桶，也可以爬樓梯，就能住在宿舍省下租房子的錢。我可以熬夜趕報告不擔心身體，可以坐在機車後座夜衝合歡山和武嶺，上體育課時可以選修瑜伽，下課之後可以走很遠去覓食，就像其他同學一樣，享受大學生的日常。多年之後回想起來，這樣的生活不單單只是「過生活」，還算是一種天大的「享受」了。

我不需要一雙好看的腿，也不再要求自己能夠跑馬拉松、打籃球或跳啦啦隊，退而求其次，我只要擁有一雙能走路、能轉動的腳，就心滿意足了。至少現在我還是和大家一起，和大家一樣。

貳 這裡不是我作主

二十歲——二十五歲。

我從此清楚看見悲傷的模樣，那是當一個人受制於看不見的力量，跪下的姿態。有人說：「人生是自己可以作主的。」但我不知道為什麼，當身體再也不由自主的時候，心也會不由自主了。

我原本和你一樣

「長大成人」這一個詞彙真的來到我的生命裡。此時我全心思考著自己要成為什麼樣的人。

大學的後半段日子我很忙碌，跟多數系上同學相同，除了本系的實作課程已必須在全台四處採訪、熬夜改稿、實習當主管，另外我還又有一個為期三年的實習廣播電台，好像同時念了兩個系，每天都在趕兩份工，解決掉一個又一個任務。每個同學都好認真，生怕畢業時，我們在已經走下坡的媒體產業裡找不到工作。

青春的我很焦慮，但不是為了我的腳，而是因為面對未知的前途和糾結的人際關係，為了這些抽象的東西在焦慮著。你也是嗎？身體強壯的時候，不會感到抽象的思緒是源自於物質所合成的肉體上的，還以為自己的存在是一個鐵錚錚的事實，殊不知自己只是像煙霧那樣從頭頂不斷散發出來的思想、前途、意識、夢想的組成。如果沒有此身，就沒有自己，也沒有所謂的人生。

二十歲的時候，我覺得自己忙東忙西，整個人好像被沖進馬桶，躺在馬桶的髒水裡那樣子，濁濁的很不明亮；因為要操勞的事情太多而內分泌失調，總是臉色蠟黃而疲憊。但周遭朋友都有相似的心情和過程，有人能互相慰藉就也算不上什麼難題；不像腳只是我一人的事，一人的經驗。

隨著離開校園的日子步步逼近，「長大成人」這一個詞彙真的來到我的生命裡。此時我全心思考著自己要成為什麼樣的人，也擔心出社會之後如何存錢、結婚、成家，和大家一起沉浸在成長帶來的壓力之中。在還沒有畢業之前，我和同學就已交換就業情報。有人已考上網路媒體，有人要到美妝雜誌社，電台的一票夥伴繼續升學，有朋友和我一樣什麼公司都想去試試看。大家一起參加集體面試，並暗暗比較著誰拿到的第一份工作比較好，公司名號比較響亮，彷彿是對過去漫長求學之路的終極肯定。我，就是你，都是被寫在「畢業季來臨！大學生求職熱」新聞報導裡的對象，不必特別點出名字的那種人。

彼時，我依然掌控著自己的人生，因此便未察覺到自己的人生。我滿腦子規劃著二十歲到三十歲的職涯與生活，想在媒體工作三年之後要申請出國留學，念研究所進修。我怕活得太懶散，出社會後基礎沒有打穩，會拖垮自己的下半輩子，想要跟同伴一起出社會力爭上游。

我關心社會、關心外在的人事物，比關心自己還要多很多，一件不公不義的眾人之事，就能左右我的情緒好幾天，其占據內心的分量，更甚於腳的痠痛和不便。我為別人受到委屈的情境而氣憤，想要幫助別人改變他們的人生，想到激動處，情緒之強烈，更甚從前自己因為腳而委屈的心情。

腳痛這種事，對當時的我而言就像是騎機車在大馬路上熄火了，需要加油卻沒帶錢，最後只好推車回家，是日滿身狼狽，但也不過如此爾爾。它在混亂生活中還來找碴，是很令人厭煩沒錯，可是沒有比找不到好工作更讓我厭煩。它還沒有構成人生的障礙。至此，我的故事只是一個你日常生活的切面，有時覺得筋骨痠痛，像是網球肘、五十肩、打球扭傷腳踝那樣，在下課或下班之後去就醫，再慢慢做運動鍛鍊，讓身體復原就好吧。這樣的煩惱只消向朋友發牢騷就能打發掉。我仍以為將來是無所畏懼的。

後現代的預言

只要有能走路的雙腳，靠著車站裡的地圖和問路，
想去的、想吃的、想看的，我都能自己達成，
長大成人，獨立自主，自由自在，這是多快樂的事。

二〇一一年五月二十一日，今天是我二十三歲生日。晚上我一個人在澳門氹仔島的葡式舊巷弄裡閒晃，這是我人生第一份工作的第一次海外出差，恰巧遇上生日，說不出有多麼幸運。結束當日的工作之後，我在陌生的巷子裡穿梭，隨意走進毫無裝潢、播著電視劇的當地人小餐館，吃碗雲吞麵。他們談廣東話，我內心哼著華語流行歌，這異國的氣氛真是美好極了。

手上沒有地圖、沒有導航，手機不開漫遊，讓人自在地漫遊。沿路兩側有整

齊站好的路燈，是仿舊煤燈的款式，每根黑柱子兩旁還掛著小花籃，搭配小石塊鋪成的淺色磚頭路，還有建築物上五彩粉嫩的漁港專用色，使整座島像是樂高蓋成的童話度假村。直到用手撫摸上建築外牆，發覺有風吹和雨浸過又乾燥後的質地，才感受到被反覆摩挲的歷史。

夜晚看不見全貌，只見幾盞路燈把暈暈的氣息呼在粉彩色的建築物上，一圈一圈的，遊人好像透過圓形小窗來看這些藝術品，瞥見這棟教堂的鵝黃與瑩白相間條柱，想像它的輪廓；還有那一棟屋的矮胖粉綠欄杆，應該是沿著屋子外廊繞了一圈作宅邸的裙邊。我喜歡這個小區的風情，內心澎湃著，勾勒未來有一天我的探險計畫。我的將來原本和你的一樣，大多數年輕男女的口袋裡都有幾個遠方名單，是生活的樣貌也好、是地理名詞也好、是職位頭銜也好，用爬的也想抵達，努力成為自己想成為的大人。會擁有像這樣子的將來是再篤定不過了，因為大家都是這麼活著的。

我穿著低跟鞋在石磚路上走，發出叩叩的聲響，繞完附近景點一圈，沒想到才不到三小時已經不良於行，不只腳痠無力，還開始跛腳了。最近發現自己如果走太多路，就會出現跛腳的情況。我的工作是記者，每天都要背著一公斤的筆電、再加上半公斤包包在各個地方出沒，是否因為這樣讓腳的負擔變沉重，不得而知，我現在只知道腳不能久走，漸漸變成一個日常問題，而非偶發事件。

這讓我有點擔心，但我也只是想，回到台灣之後要找醫生了。秉持著逛到底的精神，我還是跛腳走下去，一路撐到遇見甜點店，買了份木糠布丁當作生日蛋糕，才願意回旅館休息。洗好澡之後，我幫自己慶生，用布丁上的一朵白色鮮奶油權充蠟燭，把它吹熄了，許下心願——今後我還要用雙腳走去世界上的更多地方。一如從前喜歡做計畫的我，在腦海中醞釀一場旅行，從西班牙開始好了，一路玩到葡萄牙、摩洛哥、西非，再到隔著海洋的中南美洲，親眼去看那些斑斕的、五顏六色的世界，用自己的雙腳走著。

不久之後，我又到東京出差，這是我第一次來日本，覺得一切都好新鮮、好刺激。去程的飛機上，坐在我旁邊的正巧是知名科技公司的拉美區總經理，我們聊得很愉快，他說面對人生最重要的態度就是：「放膽去做」，先不要想走對或走錯那麼沉重的事情，年輕就是要多累積、多看、多走走。是的，多走走，感覺未來有很多事情在等待我。這趟出門前，朋友問我一個人在陌生的地方會不會寂寞？我說不會，因為我很能自己一個人在城市中閒晃，即使出發前什麼都不知道，只要有能走路的雙腳，靠著車站裡的地圖和問路，想去的、想吃的、想看的，我都能自己達成，長大成人，獨立自主，自由自在，這是多快樂的事。

東京的年輕人很漂亮，路上隨處可見腳踏車，很有活力的感覺。而新宿車站附近有很多街頭藝人，傍晚走過時，我看見他們乘著風，大聲又爽朗地唱著歌，讓人覺得這城市承載了很多夢想。我在小巷裡的餐館吃到一碗鹹到舌頭要掉下來的拉麵，臨走前老闆陪笑著給我一塊幸運餅乾，紙條上寫著一行英文短句，翻譯過來是這樣子的：「美好的回憶，不全然是由好的經驗所組成。」這個意外的預言似好實壞，精緻得原來是日後生活的縮影。

容我在此向你預告，等到過了兩年以後，我就覺得這個預言說得太溫柔、太委婉。如果要能夠體會到壞經驗原來是一個美好的回憶，能夠領會並回甘，必須得先站上一個從容美好的位置才有辦法，你同意嗎？但我找了很久，都沒找到那個從容美好的位置，適才領悟到是因為自己不合時宜，再找也是緣木求魚。

在你所屬的時代，凡事都能提煉出意義，從挫敗中收穫真諦，你在進步、樂觀與理性裡，但我已不再屬於那個時代，我不能再信仰陳舊迂腐、沒有脈絡的人生佳句，而無意義、徒勞、破碎、懷疑是我這個年代的標記。一切都是失序的遊戲，我是被玩的那一個。我們之間是現代與後現代的差異。這是命運的威力。

從好強到堅強

從此發現自己某種程度跟那隻小羚羊一樣好強，
其實我大可逃避比賽就好，哭完就要賴下台就好，
但我就好強，不想讓別人覺得我做不到。

二〇一一年九月十五日，距離東京出差才短短幾個月，腳的情況急速惡化，十分棘手。今天早上起床，我又痛到快瘋掉了。更糟糕的是，腳這樣的發炎狀態已經持續四個多月了。從三月開始，有一個禮拜我突然慘到不行，呈現完全無法走路的狀態。當時我只能請兩天病假，繼續工作三天。雖然那一次腳在事後又自己無端好起來，但接下來的每個月都變本加厲，直到最近每天起床還未睜開眼，我的第一個感受都是：「好痛。」一物理治療師建議我，暫時不要做外勤工作了，

趁年輕乖乖復健腳，好起來之後什麼工作都能做。我知道應該以身體健康為重，但心裡卻抱著疑慮。

大家只看到我走路怪怪的，好像不舒服，「是不是要去看醫生？」大家都叫我去看醫生，並且認為看完醫生就會抒解多了，可以繼續工作了，不要裝病，哪有這麼嚴重。讀到這裡的你，可能也是這樣想的吧？

職場上藉由裝病來推工作，一向是大忌。難堪的是，我繳不出一個病名來，不知道該怎麼跟別人解釋，我已經看過好多年的醫生，可是不知道自己怎麼了，也不確定怎樣才能好起來。腳痛明明是事實，但因為我沒有出車禍、沒有病名、沒有意外、沒有一大個傷口可以包紮，這個痛彷彿就是捏造出來的。

當時社會上流行一個形容年輕人的名詞叫「爛草莓」。在我剛開始工作的時候，就曾經聽過老一輩這樣調侃，現在的年輕人都是草莓族。我知道在別人眼中，我是一個「好手好腳」的年輕人，理應可以咬緊牙根、埋頭苦幹去拚搏自己的前途，如果中途放棄，就是自己不夠努力。剛畢業工作才一年的我，如果現在辭職，不管是基於什麼正當的理由，也許就會變成別人眼中的一顆爛草莓。這樣的標籤對好強的我而言，簡直就是內心的凌遲。

六歲的時候我剛上小學一年級，老師要我參加演講比賽，講《小羚羊看海》的故事。我在課堂上練習給全班同學聽，每一次講到小羚羊要用頂上的角去衝撞大野狼，才能繼續前進去看海，我都表演不出那種勇往直前的狠勁，只好彆扭地站在課桌椅中間。「我不想跟大野狼鬥啊，小羚羊你不能回家就好嗎？」我在心裡罵那隻小羚羊，老師罵我，全班小朋友盯著我，等我快點表演，壓力好大。在被罵了好幾輪之後，我終於哭了，然後眼眶泛紅地演好小羚羊一路往前衝的姿態，嚇退大野狼。從此發現自己某種程度跟那隻小羚羊一樣好強，其實我大可逃避比賽就好，哭完就要賴下台就好，但我就好強，不想讓別人覺得我做不到。

好強，其意近乎好勝，但更加固執一點。從前我一路好強地念書、考試、過日子，好強地工作，不想輸給你，不想輸給任何人，想證明給別人看。可是現在這樣子，好強卻不再管用，即使我用最大的力氣還是不能好好走路。我早就知道自己有病史，不舒服的那幾個月，卻還是想撐著告訴自己做得到。明知道會力不從心，還是要奮力一搏，最後果然揮棒落空，讓自己更加失落。如果是僵硬、痠痛也就罷了，但無法好好走路，連帶工作品質也出了問題。

連日的壓力累積下來，今天我終於心一橫向老闆開口請辭，但是完全沒有解脫之後的爽快，反而覺得心情糟透了。女老闆聽到之後，一臉錯愕，馬上拿起皮包帶我去公司樓下喝咖啡。我們在落地窗旁面對面坐下，我跟她報告完身體的近況，一向嚴厲的她沉思後提出一項邀請，讓我非常意外也很感動：「要不然妳先不跑活動，在辦公室當內勤，讓同事去幫妳跑場子、帶素材回來給妳寫？」

這時候小主管的笑容浮現在我眼前。在我剛進公司的時候，一副痞樣的小主管連正眼都不看我一眼，還會把我的名字叫錯，後來乾脆叫「實習生」，似乎不認為我能在這裡待下來；直到前陣子他竟然對我說，最近稿子寫得越來越順、題材也越來越好。我很想繼續這樣子好強下去，讓當初沒想到我能工作到現在的人都看看，我做到了，寫過頭版頭條，而且我還要繼續跑新聞下去。可是我只聽見自己對她說：「謝謝姐，可是我不知道自己多久才會好，所以可能一時半刻沒辦法，怕耽誤同事。」

「真的沒辦法知道要復健多久嗎？妳要不要再想想看？」

我想起前輩知道我可能要離職時，曾經好心勸我：「妳之後如果想繼續在這個產業混，至少再多留一年，才能讓大家多認識妳、多培養人脈。」我的心也想在這個產業努力下去，身體卻不聽我的話。離職跟我原本的職涯計畫完全不符，這份工作是我自己爭取來的，當初大學同學們知道我的去處後，都覺得是個很好的地方。一畢業就進好公司當財經記者，雖然做得不好，常常要老闆和同事幫忙，但是現在自己正要能做出貢獻時，卻被迫離開，我覺得很丟臉，也好怕老闆覺得我拿生病當藉口來推託。

我帶著歉意對她說：「覺得很可惜，好像才開始上手，就要辭職了。」

「是很可惜，當初我還力保妳。」我覺得很抱歉。

「也覺得妳越來越進步。」我真的覺得很抱歉。

對不起，是我的身體給大家添麻煩了。

這六、七年來我看過不少醫生，他們都說原因不明，所以無法推算恢復的時間。遞出人生中第一份辭呈的時刻，好不甘心，我討厭自己為什麼撐不過去。看著那些累積多時的名片、外資報告、越來越進入核心的八卦，看著好不容易建立起來的一切，看著寫過的字句，都在說著徒勞無功。從辦公室離開要回家的時候已經深夜了，我看著末班公車快要進站，想要趕快通過紅綠燈，但因為腳走不快而沒有趕上，公車轟隆隆很快地走掉了，剩下很安靜的深夜十字路口。我頹坐在公車站的椅子上，胡思亂想一陣鼻酸，眼淚默默地掉出眼眶外。滿心期待的人生第一份工作，這局還未戰鬥到美滿，便在錯愕中結束了。

隔天早上，許久沒見的好友打電話給我聊天。

她問起我的腳：「妳還好嗎？」

「最近很痛，我們的歐洲行要延後了。」

「我們可以約以後啊，又沒關係！」

「我看一、兩年內我都沒資格去遠行了，現在連逛夜市都有難度。」

「妳能不能快點好起來啊？不然我聽了很難過。」

才不過短短一年光景，之前滿心規劃的職涯、旅程、出國留學都被迫停止，人生意外地變化很快。原本以為畢業之後能平平穩穩地工作下去，好想知道我的腳究竟是怎麼了。但這卻是一個句號，不是問號，因為我知道再怎麼問天問地問醫生，我也問不出答案。

二十出頭的你在做什麼呢？是準備結婚了，或工作升遷、計畫轉行，或是進修學習些什麼有趣的東西？我的身邊有些朋友開始寫留學申請資料，準備托福或雅思考試，還有一些朋友已經在國外念書了。我也好想進修，可是這個時間點，路都走不好，睡也睡不好了，我清楚自己需要定期看診，我得等下去。而深藏在我內心的話是，自私如我偷偷想的是，你和大家願意不要走那麼快，等等我嗎？

我在二十三歲的這一年，突然驚覺要好強地去拚一個人定勝天，是沒有用的。我只能說服自己，縱然感受到命運的惡意，仍要堅持下去。今後沒有必要（也沒辦法）再與他人較勁，就做給自己看，修練自己的堅強。

復健的日子：只要愛與被愛就夠

醫療代號 ○○九

只有愛與被愛才能填補空洞，
讓殘缺者活得體面有尊嚴，
身體的痛苦和內心的失落都變得不可怕了。

遞出辭呈之後，我剩下一個月可以和記者這份工作為伍。昨天晚上又忙到半夜十二點，趕著搭計程車回家時遇到一個中年男司機。他穿著某一間餐廳的員工T恤，不像是職業的小黃駕駛。開到一半時他手機響了，男子接起，講話聲音十分好聽。

「那麼晚了，你還不乖乖去睡覺啊？」

「快點把電腦關起來，阿智呢？」

「喔他睡了。你看看就剩下你們兩個還沒睡。」

「快點，我等一下就回家了，快去睡，好不好？乖。」

從這些話，我得知他至少有三個年紀不大的小孩，而且經濟壓力應該頗重。聲音表情是佯裝溫柔，其實又焦急又極力想壓抑生氣。

我開始跟他聊天，原來他的太太和他因為個性不合而離開，目前由他獨力撫養三個國中、國小的小孩。他們處在叛逆期，會講一些幼稚的話來頂嘴。他苦笑說：「小孩子好愛玩線上遊戲，阿嬤管不動，就常罵我，覺得我太寵小孩了！」可是我能理解，對一個失婚的中年男人來說，不寵小孩，愧疚感該從何宣洩？司機先生很疼愛他讀國小的女兒，雖然下班後又開車到凌晨，仍然每天早上六點半起床送小孩上學。「我女兒啊，每天早上都看爸爸有沒有醒來，女兒這樣看，我怎麼可能不起來呢？你們女孩子就是比較依賴一點。可是真的好累。」

我想這就是優雅人生的另外一端。這世上有人可以過得優雅，有人過著另外一種的日子。生活是帶著雞排油漬的紙屑、凝固結塊的洗碗精、楓之谷、疼小孩而買的廉價筆電、暗巷水溝潮濕生苔的味道、丟在壞掉人造皮沙發上的好多超商發票、職場無聲排擠的霸凌、撐住跛腳的長柄雨傘、B型或C型肝炎，過勞與死去。面對好多不安定和不堪，各種情緒在日子裡四處奔竄，最後一身狼狽。

他邊說著，我思忖自己會不會哪一天陷入這種窘境，好像不用做什麼壞事或大買賣，人生很輕易就可以掉到低潮了，當你以為自己踏在堅實的平地上，每天都曬著陽光淋著小雨，莫名其妙一場地震就能讓你下去什麼陽光小雨都沒有的低潮。人生架構的斷裂就是這麼一回事，在滿坑滿谷的地底生活著，爬不上去。我想在這種日子裡，只有愛與被愛才能填補空洞，讓殘缺者活得體面有尊嚴，身體的痛苦和內心的失落都變得不可怕了。就像我高中的時候遇到M一樣，只要還有能夠互相扶持的人，生活無論變形成怎麼樣，應該都能好好活下去吧。

從高中時以為生病只是一場短暫的關卡，到現在復發之後，我開始進入一段等待的日子，等待自己好起來的那一天，雖然不曉得要等待多久。儘管腳不方便，可是醫療費和生活費還是要先盤算，於是我很快又投入一份內勤工作，這讓我可以每天上班坐八小時在辦公室好好養病，而下班之後，我去的地方總是那間治療所，醫療代號：〇〇九。治療主任對我說：「換不換工作都好，最重要是下份工作有更好的發揮空間。」我不敢想自己有沒有正在往更好的地方去，只能安慰自己，人生沒有什麼好想的，就是一直走下去。每個人都有自己的人生時程，有時走快一點、有時走慢一點，但永遠都在往前走。一切，都是在等自己好起來。

我會遇見這位治療主任，始於一個天外飛來的靈感。有天我的腦海突然浮現了「徒手、物理治療」這幾個關鍵字。彼時別說徒手治療不普及，坊間的物理治療所也不多。經歷過大醫院、國術館、民間偏方都無效，這次我決定來嘗試其他新東西。我上網搜尋到一間住家附近的徒手物理治療所，評價不錯，於是直接預約。

這間物理治療所總共有兩層樓，是同一個大學的物理治療系學長、學弟合開的診所。治療主任的診間位在地下室，我第一次去的時候，雙腳都嚴重疼痛，原本沒事的左腳因為幾個月以來努力支撐右腳，也被操勞到發炎，一碰就讓人皺眉不已，我幾乎無法下樓梯，無法承受自己的體重。我拖著腳一次移動一小步，一手緊緊抓著樓梯扶手，一手摸索著牆壁任何一點突出的地方想捏住，邊發抖邊踏出步伐。有菜鳥治療師擔心地問我：「妳真的可以嗎？要不要乾脆背妳下去？」我哈哈笑說不用，然後很慢、很慢地移動到診療室裡的床沿。

一方面是想要舒緩大家的擔心氣氛，這空氣太沉重了我不喜歡，所以哈哈笑著；一方面是為了掩飾自己的害羞，我的姿勢怎麼這麼糗呀，所以哈哈笑著。還不能接受自己走路一跛一跛、歪七扭八的，即使打扮得再好，女孩子穿了喜歡的衣服，戴著隱形眼鏡和耳環，頭髮也整理得很好，還是像套了奇裝異服逛大街，被人指指點點：「一個好好的女孩子，怎麼走路起來這麼醜。」我很想脫掉，可惜我脫不下自己的皮肉。我採取的做法是讓自己變得可笑、搞笑，這樣我可能會看起來可愛一點吧。另外還有一點笑的成分是來自於痛。這好像已是我多年養成的習慣，只要笑出來就可以讓自己覺得不痛，一切都還在我可控的範圍，我會沒事的！努力地笑啊。

主任看了我之前的病歷還有最近照的X光片，解釋我的症狀是髖關節發炎及沾黏。「為什麼會沾黏？」他說他不知道，但會盡量處理看看。他的治療方式是每一次將髖關節放鬆之後，直接拉開來，釋放出空間，讓關節可以活動；而我經歷到了目前為止最痛苦的一種治療方式。

治療的過程是這樣子的，你可以想像一下。我會平躺在治療床上，主任幫我把大腿肌肉放鬆，接著拿出一條飛機上會看到的深灰色安全帶，先將我不太能彎曲的右腳盡量壓迫到靠近我胸膛的地方，然後把那條強韌的安全帶卡在我胸和腿之間的鼠蹊處，各就各位之後，他一邊用力將我的腳壓向我胸口，一邊將安全帶往他的方向拉，我會痛得忍不住大哭和尖叫。我的理智明白，他很專業也很安全，而且對我任何一點想法也沒有；但我下意識的感受卻是有個男子壓得很用力、靠得我好近，而我不能動、還痛不欲生，這實在令人頭皮發麻。我厭惡這個感覺，還有那一條罪該萬死的安全帶，彷彿某種不安全的象徵。醫療行為與侵犯行為之間，就在於善意與惡意的差別，願意與不願意的差別。噢不對，即使我不願意，我也得為了我願意，我得欣然接受，得付錢給他，說聲謝謝，然後下次再來。

F有一次陪我下樓做治療，看到我慘不忍睹的樣子，他疑惑地問為什麼會這樣，主任回答：「這就像是把肉撕開一樣，真的滿痛的。」在這麼令人不耐煩、恨不得逃出生天的時候，因為有F的陪伴，讓我覺得自己還在常人的生活軌道上，日子沒有比別人壞。一如我想的，只要還有人愛著或被愛著，就能活得好。

我們剛交往不到一個月，我就開始做徒手物理治療了，我稱這間物理治療所為自虐中心。初期熱戀的時候，F常在下班之後來到治療所，陪我打發候診的時間。物理治療所裡面總是人滿為患，身上有病痛的人好多，有時插號、有時拖診、有時治療師們忙到忘記誰先誰後，即使我預約了晚上七點，人也準時抵達，還是經常要等候到深夜才能離開。到治療所報到之後，首先是等有空的治療師幫我做電波儀器，接著冰敷，然後常常到十點、十一點才能輪到我讓主任進行治療。

有時候F帶他的筆電來這裡繼續工作，有時他就只是靜靜地挨在我身邊，我們一起打電動。當時很紅的一款遊戲是植物大戰殭屍，我們都很愛玩，一關一關破，用平板電腦打完幾輪之後，再聊聊天，枯燥的看診時間就變成一場約會，自虐中心也變成兒童樂園了，這是愛情的力量。深夜時離開診間，我們會手牽手去搭車回家，我一拐一拐地走，右腳的重量透過牽好的手，稍微壓在他的手心上。有一次我認真問他，如果有一天我真的完全無法走動了，該怎麼辦呢？他說：「我會背妳。」回家的路上通常是看不到星星的，可是現在我身邊有一顆好大好溫柔的月亮陪著我。

看了快兩個月的物理治療，跟主任也越聊越多。三十四歲的他工時很長，一個禮拜內有四天的工時會長達十五個小時。我忍不住問他：「你幹嘛這麼拚命？」

「想要早點退休啊！我希望四十歲之前就可以經濟安穩。」

「為什麼要那麼早？」

「這樣才有時間、餘力，為沒錢的人看病。」他手沒停，嘴巴繼續嘀咕：「我最近要縮減大家的工作天數，這樣就有一天可以義診。」

徒手治療的單次費用是八百元，對我來說真的好貴，但我認為治療師賺得還算合理，因為治療期間不僅耗勞力、耗腦力，還要負擔挨告風險。但社會上有些人經濟困難，根本無法長期負擔這些費用，特別是中低收入的勞工，偏偏他們又最需要這類治療；大醫院的復健雖然一次五十元很便宜，可是多半都是治標不治本的熱療或電療儀器。如果連吃飯都吃不飽，孩子的毛都養不齊，哪還管自己能不能走、能不能笑、能不能快樂？

我樂觀地覺得，生病是生活中數一數二的糟糕事，但我會再好起來的，有時我還因此能看見人生的其他面向。雖然這樣的想法很鄉愿，但我好像覺得有點榮幸，在生病的過程中珍惜能遇到這些教我的人，讓我更勇敢，希望自己將來不只是順著社會給的價值觀來過這一生。

幸福就到這裡為止

他落魄的時候，我願意永遠撐著；
我落魄的時候，他也撐著我。
這樣的愛原本是我的理想，愛原本應該是要這樣的吧。

工作上班雖然讓生活有重心，我心裡依然覺得自己前途迷茫，但仍持續每週兩天去自虐中心報到。漸漸地，F比較少來了，因為他工作忙。我告訴自己為了幾年之後重拾有興趣的工作、遠行和留學計畫，這段療程我務必要撐下去，可是經過秋天、冬天，直到春天都快要來了，我望著窗外仍是一片灰色。這座城市在冬天的時候好冷，路上景色似海市蜃樓，裡頭的人怕都是幽魂。或者我才是幽魂，眼巴巴地看向人間。

這天我走了一些路，前後不超過十五分鐘吧，雖然對你來說可能很少，可是我卻很費力，走完腳又痛起來，然後就不能正常走路了。我好羨慕像你一樣可以運動的人，之前我問過主任，他說我現在連最無害的游泳都還不行。好希望可以一直奔跑、一直奔跑到累倒在地上為止，就像十七歲以前那樣。我今天明明只有走一點點路，真的只有一點點而已，為什麼老天爺要這樣對我呢？

我忍不住遷怒F，胡亂想著為什麼男友不能幫我分擔痛苦，分擔一點點就好。我明知道自己正在遷怒，可是F打來第一通電話的時候，我還是裝作冷冷的，第二通我索性不接，也壞心地不跟他說我已經搭上公車，直到回家把雜事都打理完了我才回電話給他。在電話中，他聽我語無倫次好久，最後他只有說：「知道了。」隔天早上，他傳簡訊跟我說對不起，並且說：「還是很喜歡妳的。」我想他應該好氣又好笑，像包容小女孩一樣容許著我。

整理房間的時候，我在抽屜裡發現一本大學時期的筆記本，裡面有一頁的字跡很用力，我寫著：「我不知道你對我的等待有什麼呼應？你如光一般的回應是否已經上路？在我不斷改變的重重時空中，信步走來？我願用一切交換與你共享的恬靜生活。」我已經忘記這是自己發明的，還是別人說過的話，但這是二〇〇八年還在念大學時，有一晚心情很不好時記錄下來的。當時我似乎是向宇宙許了個願；二〇一一年的我回頭看這段話，想著他，覺得這辛苦等待不會徒勞無功的吧。

週末我看劉偉強導演的電影《不再讓你孤單》，它說著人想要不孤單，得付出很多代價，而且一個人的路越難走，另一半付出的代價越高，那不如孤單？如果這麼想，那就不是我所認知的愛。電影不斷重複說明，男主角的「我喜歡她」，女主角的「沒有你，我撐不過去」。說明每個人都有缺陷、都有難走的路，但因為在一起，才相信走得過去。不讓別人孤單聽起來很簡單，只要做到陪伴就好，事實上卻是一件很嚴肅的事情。當女主角擦去了前半段的脂粉、青春和虛華，當男主角不再能如騎士般的付出，不再陽光和自信，兩人在那灰灰冷冷的後半段人生中，還能記得那份感動，還願意陪伴另一半，真的是很難得。

嚮往結婚生子的我也想要一起走，他落魄的時候，我願意永遠撐著；我落魄的時候，他也撐著我。這樣的愛原本是我的理想，愛原本應該是要這樣的吧。你說呢？可是在最近的生活裡，我也漸漸意識到，跟一個人在一起是因為自己夠好，是為了帶快樂給他，而不是為了毀掉他的生活。你說，如果我一直都沒有好起來，我該怎麼做才是最好的？如果腳沒有好，我的幸福會不會就到這裡為止？

原地打轉與重新振作

醫療代號 〇〇九—〇一二

走出醫院的時候，我覺得胸口悶悶的，這並不是因為挨了拳頭，而是因為來者不明就裡，不明原因，我不知道能如何反應，只能原地打轉，甚至不知道如何許願。

來到二〇一三年，數數看，距離頭一次發病的日子已經八年了，我並沒有如自己所預期的會再好起來，而是走向下坡，髖關節能夠活動的角度比去年少了一半。時光的鞭子拖得好長，並不輕快，困難的刑罰反覆無常地來，靜了又鬧，鬧了又靜，疤痕凝結了又裂開，裂開了又凝結，我的腳好像怎麼修都修不好，沒個安穩。現在幫右腳穿好單邊絲襪，需要整整三分鐘。我的腳抬不起來，手又碰不到腳踝，只好像綜藝節目玩遊戲那樣，姿勢左喬右喬，憑運氣把襪子像套圈圈那樣套上右腳底板，再用另外一隻腳慢慢勾起絲襪。

疾病不再是下班後去診所處理一下的某個什麼東西，而是一團總是籠罩著我的疑雲，灰色的，我與之共同生活著。這挑戰了我原本平穩的認知架構，在我努力維持住原本的「我」之際，如飛魚一般在日常中蹦跳亂動的、躍出意識海平面的眾多情緒，是其衍生物。

灰色的疑雲像每個夏季都要降臨的強颱一樣，不曾缺席在我的上課中、愛情中、工作中、難眠中。海面上風平浪靜的時候，身體無礙，我必須跟你一樣好好地過生活，抱著期待、樂觀開朗，孜孜矻矻地規劃將來；可是痛苦無預警來時，暴風雨會瘋狂捲起一堆巨石上岸，劈里啪啦下來，將經營得好好的一片生活砸碎。我不停逃竄，滿地都是廢棄碎玻璃扎傷腳。

之前努力的一切作廢了。「二十歲之前你該知道的十件事」「有些事，現在不做就來不及了」，每當看見類似的書籍或文章標題時，我的內心總會生出焦慮和憤怒。世上最可怕的是以為自己能夠不同於他人的人，最可悲的是以為自己能夠與他人一樣的人。我想自己大概是可怕又可悲的那種。

去年中我轉換到一份強度更低的新工作，好讓日子比較舒服些，可是心裡更加落寞。我所喜歡的身體、工作和人生的樣貌，都越來越模糊，生活的焦點只剩下右腳，被忽上忽下的病情牽引著無所適從。日常的無奈是，當我走得太慢、太痛了，想要花錢搭計程車，還會被人搶先搭走。這是美麗的高跟鞋的世界，人來人往、快速運轉的世界，容不下我皺巴巴的球鞋，我知道自己將離同輩的生活型態與視野越來越遠。

在〇〇九物理治療所給主任努力地治療一年半，腿屈膝的角度有改善，也能走得比較遠且不痛。當初我拖著兩條又發炎又不能走的腿去，一年之後我已經可以騎腳踏車。情況一度穩定好幾個月，我好不容易開心地出國玩，並且在一個午後圓夢滑著人生中第一趟雪，在白花花的雪地上輕輕地飛著。你知道嗎，那風掠過臉上、像軟緞刷過的感覺有多麼棒，在那短短的時間裡，我真的覺得自己像到了天堂，因為重溫了久違的運動的感覺。沒想到要回台灣的前一個晚上，關節又無預警發炎，最後我在機場寸步難行，只得坐輪椅回家。再後來，腿就再也沒好過了，再也沒有。

我驚訝地發現，原來腳還是那麼脆弱。一年半消耗的時間、金錢成本就這樣化為烏有。這一次與之前幾年的狀況不同，我隱隱約約感到一個目前尚稱直覺、然未來即將成真的事實：我將無法完全好起來。從前我只覺得這些治療很煩、很痛，但我深信自己會好起來。現在不同了，可能要面對那個嚴肅的問題，那一個十七歲的我曾躺在床上思考過的問題，「如果接下來的一生，我都必須像這個月一樣只能躺在床上，我該怎麼辦？」

我現在還不知道該怎麼辦，我不想承認事實。告訴自己要等待好起來的那一天，在〇〇九那兒等待一年半，卻等到一個復發的結果，覺得有些狼狽。對F來說，這只是第一次復發；對家人來說，就是：「妳怎麼又來了？」對自己，只能堅強，打起精神來，振作起來。我知道沮喪是不被喜歡的，沮喪的女生不可愛，要趕快重新振作起來。

病況卡關，右腳呈現退步的狀態，活動角度越來越差，這些壓力橫在我與主任之間，我們的治療互動逐漸疲乏。有時候我覺得每週去治療所，彼此就像走個過場而已，複製貼上一模一樣的動作，完成例行公事，預約下次回診時間，練習回家作業，然後又到了看診的日子，有一種得過且過的感覺。後來彼此都同意，他已經無法幫我更多，緣分至此，他也只能祝福我。可是臨走前他卻對我說，不認為我到別的地方會更好。這句話是什麼意思，我不敢細想。

因為在台北工作，沒辦法回到黃老師的身邊，所以黃老師把他在台北開工作室的師弟介紹給我，醫療代號：〇一〇。他也走中醫路線，主打筋絡指針按摩，曾經幫家人治好腰傷。當時家人得到的是西醫認為需要開刀、否則無法解決的椎間盤突出，沒想到給〇一〇治療半年就好了，現在還可以打高爾夫球。

〇一〇好像是個神奇的魔法師，他號稱用筋絡指針來治療，針對人體穴道去做深層指針按壓，因為沒有侵入性，也不像國術館一樣喀啦喀啦地去動關節，因此沒有整脊的危險性，可是他施作魔法在我身上，治療效果卻很普通，沒有特別進展、但也沒有惡化，我總覺得身體有個聲音告訴我：「不是這個人。」過了五個月後，我就停止治療，我想這就是緣分吧，一個過客的萍水相逢。

我決定再次到一間正式的大醫院做檢查，徹底瞭解自己到底怎麼了，還有哪些治療方法，也許經過這麼多年，醫療技術更進步，可以檢查得出來。我很快跟公司請假，在網路上找到不少人推薦的醫生，醫療代號：○一一，掛好門診。

那日天氣陰陰的，我坐在骨科診間的外面等候叫號，帶來的黑長傘一直無法好好地倚靠在光滑的木頭椅子邊，不停滑下去。砰的一聲，摔在地上，我把傘拿起來，重新架好；又砰的一聲，摔在地上，如此反覆了三、四次，在寧靜的候診空間，大家都安坐在椅子上默默不語，只我坐立不安，像這傘一樣。

現在的我是什麼模樣呢？已經無法端坐在椅子上了，胸口和大腿的夾角度越來越差，兩者之間最靠近的角度只能維持在一百度左右，彷彿此地帶的空氣間卡進了一個透明的矩形硬塊，碩大方正的，使兩者再也無法靠近，不像正常人可以近乎零度貼合。腿往外側伸展的角度也變差了，我無法呈大字形站姿，就像雙腿的腳踝被無形的繩索牢牢拴在一起。

○一一是個很溫和的骨科醫生，他為我安排MRI檢查、X光檢查，幾次回診後，他認定我得的是：「不明原因關節炎」。啊，原來是不明原因，我疑惑著這算是病名嗎？我指的是教科書上會列出來，可以正正當當向公司請病假和給付的那種：骨癌、退化性關節炎、腕隧道症後群、坐骨神經痛、肌腱炎、關節扭傷、五十肩。想來我是人生的道路上走偏了、走岔了的那種人，即使生病也要跟大家生不一樣的。

診斷單上列著幾行小字，說明了幾項關於我身體的事實：「Jt effusion of R hip. Symmetric joint space narrowing of R hip. Sub handrail bone marrow edema of R femoral head. No definite axe tabular labral tear or para-labral cyst.」（右髖關節積水腫漲。關節空間呈現對稱性窄化。股骨頭下方軟骨呈現骨髓水腫。髖關節唇未明顯有撕裂破損或囊腫。）但光是知道這些事實、再多再詳細的事實，也沒有意義。他不曉得病因，唯一建議我平常做做復健，等老了以後置換人工髖關節，也許會好轉。我聽完之後整個人有點呆掉，今年我才二十五歲，從頭到尾連發生什麼事都不確定，現在無緣無故地、不明原因地要換人工髖關節了；而且他說的是「也許會好轉」，而不是「就會好轉」，那如果沒有好轉怎麼辦？

走出醫院的時候，我覺得胸口悶悶的，這並不是因為挨了拳頭，而是因為來者不明就裡，不明原因，我不知道能如何反應，只能原地打轉，甚至不知道如何許願。許一個：「要普通地走路」這樣的願望，你每年的跨年許願清單有這一項嗎？「來年要普通地走在馬路上。」不會的吧。

好友邀了一群人去東部玩，台東長濱的民宿都訂好了，是一間海邊的水泥公寓，就佇立在山和浪之間，黑白灰的配色看起來使人平靜，我想會是一趟很好的散心之旅。我在MSN上答應邀約，再打開另一個視窗，上面是我跟F的對話紀錄，好無聊的幾頁單字配上空白鍵，感覺彼此距離好遠，不只從地理距離來看，心的距離也是。

我不得不承認，現在的我似乎跟他已經在不同的世界裡了，就像我跟你一樣。之前的我還沒有意識到，當我的整個世界都變了，那其中的愛與被愛又怎麼會不變。愛情像躲回森林的星星一樣，有時會在黑幕上閃爍一下，讓我感激得淚眼以對；但多數的時候是一片沉靜，不論我如何不安地掙扎和胡鬧，都拆解不開這樣的沉靜。每個人都有自己的日子要過，有要前進的遠方，不能因為我在原地打轉就跟著我耗在這裡，我理智上可以懂，僅在理智上。

出發那天一行人搭火車先去花蓮，再租車開到台東最北的長濱。雖然是陰雨天，可是氣氛很好。東部總是讓人能夠卸下重擔、大口呼吸的地方。我們先在花蓮一家餐廳吃飯，不巧是榻榻米座位，我只能把腳伸直，靠坐在牆邊，沒辦法像其他人一樣自在盤腿。七個人之中，和我擁有一樣姿勢的還有四十幾歲的A。

他倚著牆問我：「最近看醫生看得怎麼樣了？」

「還在找原因，不知道要不要換髖關節。」

「其實換髖關節不可怕的，材質也一直在進步，」A敲敲自己的腿繼續說：「妳考慮看看，多找幾個醫生評估一下。」他的兩側髖關節都置換成人工的了，病因是髖關節缺血性壞死。有些人是起於遺傳、有些人則是過度飲酒，看X光片就能夠確定要換人工髖關節。A在好幾年前置換的是金屬材質的人工髖關節，比健保給付的塑膠髖關節耐用，日常生活都無礙，只是不能過度彎曲以免脫臼。

「我好想爬雪山，晚上在山上看星星。如果換了之後我做得到嗎？」

「可以的。」A頓了一下繼續說：「只是要開車到最上面從登山口開始，不要爬太多啦。」他眨眨眼，我們一起笑了。是啊，人生是自主的，只是要在有限制的選擇裡假裝自主，而每個人所承受的限制，質量並不相同。

如果換髖關節是一個解決辦法，那我可以接受。延續著做計畫的習慣，我打定主意，自己在確定換髖關節之前，要多找幾個醫生評估，也順便看看還有沒有其他可能，想到這裡，心情就積極起來。就像棒球選手那樣，每個人都有最佳發揮的位置與局勢，也有最弱之處。我不是一個可以吞忍下打擊的人，不像別人可以讓疑惑與痛苦醞釀好些年，被動等待時間遺忘或拯救。相比溫吞承受、粉飾太平，對於在意的事情，我只想馬上戳破擋在我面前的紙或牆，去碰觸它。我並不害怕在知道原因或真相之後，會受傷得站不起來；相反地唯有如此我才不會受傷。我要弄清楚，解開誤會，做出戰鬥，試圖將灰色的疑雲重新分開作為黑與白，為自己的身體再多做點什麼，找出真正的病因與明確的解決之道。別再原地打轉了吧，我想要爽快且筆直的人生。

「不想輕易被打敗。」抱著這樣的心情，我重新振作，找醫療資料。首先發現髖關節炎可能是遺傳免疫出問題所造成的，於是再掛另一間大醫院的風濕免疫科，醫療代號：〇一二。他的功能只讓我確定疾病是否跟遺傳因子有關，來回醫院幾次，經過兩次抽血、照X光，相關報告出爐均呈陰性，醫生認為我沒有僵直性關節炎、風濕性關節炎等疾病的遺傳因子，讓我另請高明。沒關係，我可以繼續努力，不會輕易被打敗。

參 迷失也是方向

二十五歲——二十七歲。

迷路的話最好就是原地待援或走回頭路，不要莽撞，可是如果天候太差，那麼也只好繼續向前了，以為路在腳下。這時還有想要拚命求生的意識。

最討厭的醫生

醫療代號 〇一三

這裡有時看起來很文明先進，
有時看起來又很野蠻笨拙，
生人入內，是治療或是自殘就在一線之隔。

「喂？」

「哈囉，你在哪裡呀？」

「我等一下再打給妳！」電話隨即掛上。我疑惑著，現在晚上十點，F應該下班了吧。過了大約半小時，他打電話過來。

「剛剛怎麼了？」

「我剛才順路載人回家啊。」

「是喔，」我笑了一下，「那可以直接講，為什麼要掛我電話呀？」

「沒有啊。」

「什麼沒有，我不懂。」他這樣顧左右而言他的回應，讓我非常不滿，我們又在電話中吵起來。最近和F的關係更淡薄了，我氣他不太在乎我的病況，很少過問，彷彿事不關己的態度，但也不想勉強他非得投入我的世界不可，對我來說，討來的關心實在很沒面子。這通電話一直吵到半夜，最後他以一句：「不要以為腳痛有什麼了不起的！不要以為全世界只有妳會腳痛！」結束這場不快。腳的狀況一直都沒有起色，在我身邊的人，一定也感受到我的無助所帶來的壓力。我像個漩渦一樣，大家在洞的四周無奈徘徊，看到洞越破越大，雖然眼睛仍關愛地盯著我看，但雙腳也會不由自主地往外退開再退開吧，我想那是天性，而不是不愛我了。他可能也很無助，只是不曉得如何表達或扭轉這個局面，就像我的家人一樣。

家人也不知道該怎麼對待我，畢竟連我自己和醫生都不清楚病況了，旁人很難插手。他們有時會丟些偏方、精油或一個醫師的名字給我，一下子堅持我是：

「亂吃東西、身體太潮濕。」一下子又推測：「都是妳去滑雪害的！」我不知道該怎麼解釋或捍衛自己目前的治療方針（如果有的話），心煩意亂，只能請四周的人先暫緩，別再說了。可是每當我這麼反應之後，往往換來他們的暴怒：「妳都不聽我們的！」「我以後再也不要關心妳了！」久而久之，最好的相處模式是我什麼進度都不說，彼此都會好過一些。上一個階段的領悟是，愛與被愛的質量會隨著我們所處的生活狀態改變；而這個階段新的學習是，並不是只要有愛與被愛就夠了，還要留有空間，這是關係能細水長流、讓人舒坦的原因。彼此的空間要多寬多窄，視對方與自己的形狀而定。但是我，現在連自己究竟是誰、該去哪裡、會變成什麼模樣，都失去了方向。

和F吵架完的隔天早上，起床時看見眼睛好腫。我感覺整個人好像浸在游泳池裡做水母漂，水底下很安全，只有啵啵的流水聲和我吐氣的聲音；水上面有些嘈雜的人聲在嘟嘟嗡嗡的，我沉在水底才能不去聽個仔細，也不用抬起頭來。我的身體移動著去搭捷運、去上班、去吃飯、跟人說話，可是腦袋一直沒有清醒，做事情提不起勁。

「子瑜，妳今天晚上要幹嘛？」

客戶拿了一張傳單走到辦公室，我站起來招呼：「今天晚上要去上西班牙文課啊。」

「妳現在有在學西班牙文喔？那很好耶！」

「我之後想去西班牙留學，等我腳好之後，想說現在沒事可以先做準備。」

「我跟妳說，這張是我在路上拿到的，是我家附近新開一間中醫整骨診所，妳可以去看看！」我接下她手上那張花花的傳單端詳。

「妳去完如果不錯再跟我說，我也要去，我最近肩膀好痠喔。」

晚上西班牙文課的休息空檔，我小心翼翼地去上廁所。最近這兩、三個月開始，我在外面上廁所的時候都要很小心，因為腳的活動角度已受限到蹲不下去，只要是蹲式馬桶，小號完都會淋濕一點鞋襪。

今天好像又更嚴重了。我一手扶著牆壁，一手拉緊褲子，蹲下去的時候看到自己兩隻腳呈現不同角度，骨盆明顯地往左偏了過去，尿尿全斜灑到襪子和鞋子裡。一感覺到水的時候，我馬上快速站起來，可是已來不及，全都濕了。因為上半身彎不下去，所以我在廁所裡用左腳單腳站立著，右腳踩在左腳上，把右邊的鞋襪都脫起來拿在手上擦，可是用掉好幾張衛生紙，它們都還是濕濕的，粉紅色運動鞋的顏色變得好深。撐到腳痠終於站不穩了，我穿上濕掉的球鞋，在洗手台整理一下，就回到密閉的班上繼續上課。表面上我若無其事地笑著，心裡好怕別人會聞到我身上的氣味。回家之後，我用力洗刷鞋襪、用肥皂抹香，不帶情緒地思索：「都二十幾歲了啊，還會尿濕鞋子。」

看我走路老是一跛一跛的，西班牙文課的同學熱情介紹我一個骨科權威，她說之前她出車禍時腳踝扭傷，就是給這位醫生治療的，而他的門診總是很多人，每次看診都要排到一、二百號。於是在二〇一三年九月十二日，我第一次見到醫療代號：〇一三。這個日期、這位醫生是重要的，他代表了一條分水嶺，此前我還算能夠掌控住自己各方面的人生，此後的數年，健康、親情、愛情、友情、工作都失去控制。生病除了身體受痛，也會扭轉原有的性格，像漩渦一樣把身邊的人也都捲進去，連我自己都害怕自己。

○一三是中年男子，目測約五十幾歲，還有一個實習醫生跟診。他不愧是這間大醫院的鎮院之寶，許多病人慕名而來。我想他的學識和經驗必然很豐富，但是可能因為看診的人數過多，他看起來沒什麼耐性瞭解個案。第一次看診，○一三翻完我從其他醫院帶過去的病歷，做完例行性的病史問診後便說：「那今天先去照X光。」

「我半年內照過兩次了，有帶來，可以看那份就好嗎？不太想短時間內照太多次。」

「別家醫院的我們不看。」

又是這個說詞，我聽了好幾年。這家醫院不肯看那家醫院的X光片，我知道，因為如果那家醫院照壞了，這家醫院無法負責。這家醫院看不到那家醫院給我寫的病歷，所以我每換一次醫療機構，就要自費將我的資產（病歷和X光片）燒成光碟帶出，我知道，因為這是工本費。醫療體系就好像是一隻樹懶腦大象身猴子手的龐然大物，上面還得馱著一隻公家機關。先進達文西機器手臂與手寫潦草紙本病歷並存一室，這裡有時看起來很文明先進，有時看起來又很野蠻笨拙，生人入內，是治療或是自殘就在一線之隔。依舊是那句話丟給你，生病自己活該。經常出入醫院看診，會感到時間被醫療流程瑣事給零碎地消磨，再切割成一片片。

第二次回診，○一三調出上次照的X光片看一會兒，他說：「妳是退化性關節炎。」這個說法讓我有點疑惑。

「可是我算年輕，會是退化性關節炎嗎？」

「沒錯，妳這個看起來就是退化，這邊軟骨都磨損了。」

「那打玻尿酸有用嗎，像治療膝蓋退化那樣？」我顯示出自己來之前做的功課。

「玻尿酸要一直打，而且對妳可能沒什麼效果，我建議打PRP試試看。」

PRP是血小板血漿治療，即抽出自己的血液之後，用機器分離出血液中的血小板，再把萃取出來的生長因子注射到痛處，據說可以減緩或終止軟骨細胞壞死磨損。他繼續說：「可是PRP很少人用在髖關節，妳這個情況使用的可能會是第一個喔。這不能在診間，我們要進手術房在X光機器下才能做。」

能當白老鼠就是幸福的。聽到還有機會可以嘗試，我大大鬆了一口氣。雖然做一次髖關節PRP治療就要一萬多元，我當下還是立刻決定試試看，安排注射時間。

要注射那一天的下午，我穿著褐黃色的外套和黑白連身洋裝去醫院，在公車上用手機自拍了一張微笑的照片。其實每次看新的醫生、接受新的治療技術之前，我都會偷偷地喜悅，因為我覺得自己又有新希望了，不過這樣的喜悅我只會藏在心裡，千萬不能張揚，我怕如果被老天爺發現，祂可能會懲罰我，又不讓我恢復健康了。看到這裡，你可能對這樣的心態嗤之以鼻吧，但這可是屬於病人的小確幸，不是微小而確定握在手中的幸福，而是微小又不確定地盼望著幸運。

我在準確時間抵達，因為醫生今天有很多台手術，護理師先讓我在外面等。我盯著開刀房外的液晶螢幕，上面有我的名字打成「邱○瑜」，等了三個小時之後終於輪到我。護理師呼喚我的名字並仔細核對身分，接著她按下開刀房的第一道門禁，讓我進去到一旁的更衣間脫掉全身衣物，換上薄薄的綠色手術衣，再在手腕掛上印有出生年月日和病歷號的身分環圈。從這一秒開始，我就正式變成

「邱〇瑜」，不是邱子瑜了。這裡好冷。我覺得自己像一具待剖的大體。

有個護理師帶大體走進手術室，躺上手術檯，合上眼睛，我聽見一旁不曉得是住院醫生還是實習醫生在玩耍和訂飲料，其中一位年輕男子走過來簡單核對身分，把大體推到另外一張手術床，並把大體的手術衣拉開，讓下半身赤裸出來。我光溜著下半身，感到好像有冰水滑過肌膚那樣涼涼的，有人用棉花棒一寸一寸抹著冰水，在腿窩處的柔軟肌膚上畫直線和圈圈，是年輕男子在消毒。他輕快地說：「不好意思喔。」我則發出一句：「沒關係。」我把自己想像成大體，就比較不會尷尬。手術室好冷，醫生和護理師們在我的四周開玩笑，邊聽音樂邊互鬧對方，他們都是活生生的年輕人，此刻與我不同。

過了一會兒〇一三走進來，他走到我身邊，跟我解釋好待會兒的流程後便開始動作。之前已先抽好一管血備用，護理師再次消毒，幫我把右臀和右大腿外側大範圍塗滿酒精，告訴我：「現在要打麻醉嘍！」這是局部麻醉，所以我的意識一直很清醒，只是看不見〇一三在做什麼，我和他之間隔了一塊大綠布，我只能看著天花板。我感覺〇一三用手指戳了戳我的大腿肉，「有感覺嗎？」「有。」

過沒多久他再戳，「沒感覺了。」血液也分離好，準備注射。

有個醫生使勁拉我的右腿，拉得長長緊緊地固定在空中，可能像長頸鹿的脖子，我想像自己的髖關節正因此被拉出一個空隙，「那麼容易啊？」我心想。○一三在C-arm X光機的透視下，試圖將裝滿血小板分離物的長針從體外往內戳進我的髖關節間隙，過程中我覺得痛痛的、酸酸的，感覺自己的骨肉好像是正被小刀拆著，還有一點拉扯，清楚感受到一根針在肉裡鑽動。可是第一針失敗了，○一三沒有戳到該戳的地方，必須抽出來重做一次。我開始有點緊張，這感覺好不舒服。我不記得後來是怎麼完成的，只知道必須分神想些別的事情，比如今天晚餐要吃什麼，免得太緊張。心思飄到那一邊了，這一廂只聽見○一三不知訓斥誰：「幹什麼！不要玩！」好不容易施打結束，我身上多了兩個針孔離開醫院。醫生交代兩週內不能吃NSAID等抗發炎藥物，以免抑制PRP的效果，最多可以吃普拿疼止痛。F來接我的時候，我還能自己走，然後回家休息。沒想到夜裡會越來越痛，痛得我徹夜難眠。

半夜，大腿好像在灼燒，越來越燒，燒到燙，身體的其他地方也發熱，整塊右大腿從膝蓋到腰部之間，好像被一塊方方正正的岩石塞滿。腿一動，皮和肉就被石塊拉扯，我走不出房間，哭著喊；家人趕過來房間問：「怎麼會這樣？」我邊哭，邊請他幫我買止痛藥。可是吃了普拿疼之後依然沒有用，我讓家人先回房間睡，開著書桌上的小燈驅趕一些害怕。記得自己時而倚靠床頭櫃半躺，時而用手移動下半身然後平躺，房間被小燈的暗黃色暈得糊糊霧霧的，樑呀牆呀桌呀椅呀書本呀，好像都扭曲了，房間縮成只剩下我一人的大小。痛。時間爬得好慢，我的腦袋只剩一片空白，大腿的石塊好像在膨脹，脹得我的皮肉要破了。有沒有繼續流淚，也都不清楚了，直到清晨時窗戶射來一溜破曉的光線，才終止這魔幻的異度空間。

隔日，在好痛、止痛、淺眠無限循環中度過，朋友帶著好吃的食物到我家來探望，他們坐在地板上圍著我，而我側躺在床上，一起說說笑笑的度過午後，這份熱鬧真好，稍微沖淡了身體對疼痛的注意力。第一次PRP注射是痛苦的經驗，我後來不良於行了好幾天，大腿上兩個針孔處有好大一片瘀青，比掌心還大，過好一陣子才消退。至於腳的活動角度有沒有變好、有沒有更舒服一點，

「有吧，但不太明顯。」我給了〇一三一個客氣的說法。後來我再給PRP第二次機會，依然沒有太大起色。不知道第幾次的回診，我確實向〇一三反應：「打PRP沒有太大的效果。」

「還要打第三次。」

「還有什麼其他方法嗎？」

〇一三越來越不耐煩：「妳這個是退化的！」

「之前有其他醫生建議我可以換人工髖關節，醫生覺得呢？」

「妳這個換髖關節也不會好！」他一副不太想理我的樣子，跟第一次見面尚稱溫和的容顏比起來，變得無情。不曉得〇一三是心疼我，恨鐵不成鋼，還是恨我不給錢。

「妳這個要換，健保也不會讓妳換啦！」他繼續補充，眼睛盯著螢幕在我的病歷上不知道輸入什麼字句。此時我腦海裡浮現了荒唐一幕，我拿著病歷去健保局鳴冤擊鼓，邊喊青天大老爺啊為什麼不讓我換人工髖關節？我是笑不出來，但有記得要禮貌性地牽動嘴角肌肉上揚，點點頭說：「那我再想想看，謝謝。」

二〇一三年剛跨入二〇一四年，衛生署剛換了個名稱叫衛福部，跨院電子病歷的政策還在賣力推行，ＰＲＰ應用於髖關節還是一個雜誌會介紹的新概念，陶瓷還不是普遍的人工髖關節材料，置換人工髖關節在技術上還從屁股後側開刀，不利於患者復健，永遠不能再做讓髖關節超過九十度的動作，否則容易脫臼。我年方二十五歲，如果換關節，永遠不能再做超過九十度的動作，不能深蹲、不能蹲大便、不能抱膝、還有很多現在想不到但將來生活會遇到的不能。但我現在去思考這些不能也沒意義，畢竟他說的那一句是：「妳這個換髖關節也不會好！」

我沒有深入瞭解醫療體系與其結構難題，只突然覺得，原來醫生沒有我想像中那麼全能。這個領悟很可笑，本來就沒有人是全能，怎麼會有這種醫療迷思。在這個大型運轉、發出轟隆隆聲響的醫院機器中，醫生一路以來以最優秀的成績俯視同輩之人，領著穩定薪水又能救人性命，好像連靈魂都比我高潔許多，是菁英分子，是命運選擇的使者，是上帝的愛徒。但是，現在偶像的外衣抖落了，穿白袍的人在我心中徹底去神祕化，他們跟我一樣也會白目，會貪心，會暴躁，會判斷錯誤，會愛面子瞎掰，即使他是某領域的專業，他在這領域裡依然會有很多不知道的事情。「醫生是權威、要相信醫生、要聽醫生的話」，上一輩信奉的金科玉律，我從小耳濡目染得來的印象，逐漸瓦解。

但如果不能相信醫生，我現在該相信誰？診間裡有〇一三、跟診醫生和護理師，大家的手呀、眼呀都在忙，我則顯得多餘，就趕快退了出去。走出人聲鼎沸的醫院時是晚上，再也沒有另外一隻手攙扶著，沒有溫柔的月亮陪伴。黑夜悶著頭不說話，幾朵雲也悶悶的，一顆雨都擠不出來。

醫院外圍的廣場上，有排斑駁的磚頭椅子。樹蔭下坐個推著老伯的外勞，輪椅上的老伯看起來好瘦小、好脆弱，他兩眼無神地發呆，都不說話，沒發出半點生息；還有正在餵老媽媽吃飯的中年女兒，兩人也沒有交談，老媽媽有一搭沒一搭地吃著，不時有汁液從嘴裡流出來，中年女兒用衛生紙抹掉，也沒抹乾淨。靠近垃圾桶的那一頭，椅子上有兩個流浪漢癱睡著。醫院那邊是燈火通明、呼呼嘯嘯的人間煙火，這邊是無光的、噤聲的無人之境。我也坐在那椅子上面，坐在他們之中，一邊默默研究著影印出來的病歷單：

2013/09/12 subject: right hip pain for 8 years

History: right hip pain since at of 17, persisted right hip pain off and on, no trauma, no fever, on infection, pain got worse after forceful exercise

Objective: PE: right hip: Patrick test (+), right. Review film, and MR showed OA hip, right, narrowing of joint space, imp; OA hip, right with joint space narrowing. Suggest PRP injection of right hip.

診斷：715.36 關節疾患715.15 骨關節病，局限性，原發性者

2013/09/16 PRP injection of right hip joint under local injection

2013/10/09 PRP injection of right hip

2013/10/14 PRP injection of right hip (2013/10/09) , pain mild decrease, and suggest rehab and muscle training.

2013/11/11 OA hip, right, s/s improvement after PRP injection, suggest PRP injection with HA, right again

2013/11/29 2nd injection (PRP+HA)

2013/12/05 OA hip, right s/p twice PRP +HA injection, right,

2014/01/06 right hip pain decrease after PRP injection 2nd injection, ROM not much improvement, FU, suggest 3rd PRP +HA injection.

一邊思考著骨科權威○一三方才丟給我的那句話：「妳換髖關節也不會好！」這句話是什麼意思呢？想著想著，我有點呼吸不過來，才發現自己哭了。我對自己小聲嚷嚷著：「好煩，怎麼這麼愛哭？」起初只是小小的淚珠，後來是一片鼻涕和長淚，最後我毫無道理地在心裡反覆亂喊：「你怎麼可以這樣跟我說！」如果連髖關節都不能換，該怎麼辦？還有誰可以幫我嗎？

我真的很討厭你這個醫生。

名醫、小咖與貪財的人

醫療代號 〇一四—〇二二

我的結局是「也許會好」以及「不會好」，治療方式是「可以換」「不能換」「現在換」「以後換」，誰都說不準。

新的一年，從一月我就開始跑大醫院。我以全心投入尋找病因作為今年的第一要務，我還是想，不論再怎麼低潮，對於人生還是要保持積極的態度才行。首先掛號的是中南部這位骨科聖手，醫療代號：〇一四，名氣響亮，頭銜非凡，有種整間醫院就看我一個人表演的傲氣。這樣的名醫，儘管處在健保體制下，也是無法隨隨便便就以網路掛號入門的，必須透過有力人士取得現場掛號單，否則光靠網路預約，真不曉得要排到何年何月，才能見到他一面。靠著親戚正好和名醫的媽媽十分熟識，透過這層關係，我拿到那張入場券。

那一天我在醫院從早待到晚，約莫有三、四百號等著名醫垂憐，候診區的人快要滿出來了，只差沒有帶帳篷來睡，不說我還以為在排張學友的演唱會。〇一四日理萬機，想見他要先過跟診醫師那一關。順序是這樣的，先由跟診醫師問病史、排X光單，照好再等候名醫叫號，這點比〇一三爽快多了，不必浪費我第一次的掛號費。親戚耳提面命地對我說，醫生太忙了，脾氣很大，沒空聽妳說太多喔，自己先想好要跟醫生講什麼，這樣進去診間才不會浪費時間。一路這麼大陣仗，讓我進到診間的時候也正襟危坐，好像攔轎申冤一樣緊張兮兮地，還準備了一串話反覆練習該怎麼講，像小時候參加演講比賽那樣。〇一四看起來很有分量，不管身材或氣勢都是，但他比我想像中親切許多，看完我的腿和病史資料，他得出一個結論：「疑似關節囊感染引發軟骨萎縮。」他解釋，這是青少年可能會發生的細菌感染疾病，不知道為什麼當時沒有檢查出來。「我跟妳說，這病別人看不出來的！現在太多醫生不學無術了。」站在我身旁的親戚嘖嘖稱是。

他的治療方式是開兩次刀，第一次先打開髖關節抽液出來培養，看看裡面還有沒有細菌，順便做全身的Bone Scan（骨頭檢查）；確定裡面乾淨之後，第二次開刀再置換人工髖關節，就那麼簡單，完事！

「好，現在要排開刀時間了嗎？」

「我可不可以再想一下？」

親戚趕忙在旁邊提醒我，醫生很忙的，「對呀，開刀都開不完。」

「不然妳再來預約好了，後面還有很多人。」送客！

我打算再多參考別的醫師的意見。同一個月分裡，我看了〇一四和〇一五兩位醫師。相較於〇一四的排場，醫療代號〇一五就沒有那麼熱門，他是個還在大醫院中努力耕耘向上的骨科醫師，門診室前一片清幽，說話起來也人畜無害，屬於不燥不涼的那一款。〇一五仔細流覽完所有資料，他和〇一一持同樣看法，認為我是不明原因關節炎，之所以這麼說，代表他認為我不是退化性關節炎、不是細菌感染，而且再不過幾年就得換人工髖關節了。他順道分析一些人工髖關節的材質給我聽。

「所以還是無法知道原因嘍？」

「是啊，很抱歉無法幫上妳。」

每位醫生說得都不一樣，所以病因「可能有三種」，我的結局是「也許會好」以及「不會好」，治療方式是「可以換」「不能換」「現在換」「以後換」，誰都說不準。我天真地以為就像對付流感一樣，現代醫療針對每種病都會有相應的對策，該做什麼就做什麼，而不是像現在這樣眾說紛紜。

第一次看到醫療代號：〇一六時，雖然他身穿助人白袍，並在全台最知名的大型醫院任職，那態勢卻讓我想起另外一種人。每逢選舉前夕，站在街頭和民眾拜票的地方民代（還是角頭？）也是這樣使人認知失調的，雖然招牌上掛著海外博士學歷，家世顯赫，卻渾身上下沒有書卷味和善良氣質，反而有種銅臭味和酒席味。他們拱手作揖，用臉肉擠出盈盈的笑容，搭配敲鑼打鼓，對路過者大喊：「拜託、拜託喔！」那臉實在說不上親切，大家對於他們平常貪汙也都心知肚明，只是礙於人情味不好發作，就勉強回一個敷衍的笑容。

是了，〇一六大抵就像這種議員候選人，選舉不在施政，意在找財路；看診不在治病，意在找財源。他沒一會兒就判斷我是退化性關節炎，和〇一三有志一同，建議施打PRP或玻尿酸。

「我打過PRP了耶，沒什麼效果。」我仔細解釋施打PRP的情況。

「要多打幾次，而且要一直打下去！」

看我懷疑的樣子，〇一六可能以為我是因為注射費用昂貴，正在搖擺不定，於是他又遞給我一張名片，說他有在外面診所看診，「去那邊打會比較便宜喔！」

繳完昂貴的掛號費之後，我就沒再去看過〇一六了。

繼〇一四、〇一五、〇一六連環發之後，我在兩週內又幫自己追加了醫療代號：〇一七、〇一八、〇一九、〇二〇、〇二一，我不想放棄、不想認輸，相信自己一定可以找到最佳解。我把所有休假都拿來看診，在兩個月內去了許多醫院，感覺自己好像在跟醫生相親。

大部分的時候，我都一個人去赴約。四處打聽醫生資料，上網掛號，當天報到看診。每到新的一家醫院，就要照一次X光，遞上厚厚一疊從其他醫院申請出來的紙本病歷和X光片給醫生，重複述說自己從十七歲以來的經過，不停地說一次、兩次、三次、四次、五次、六次、七次……就像每認識一個新朋友、或工作上被問起時，我要不停地說一次、兩次、三次、四次、五次、六次、七次……有天下班後去看診，因為等太久，我在人來人往之處打瞌睡，最後醒來時我橫躺在候診區的長椅上。你笑了嗎？我是真的覺得滿好笑的，自己是在醫療院所之間流浪的遊民，在這樣的天地中耗費青春，別人下班後吃排隊美食，我下班後等排隊名醫。

在這幾個醫療機構之中，有台灣最權威的研究型醫院，有專精於髖關節置換的地區型小醫院，有親友推薦的物理治療所，有普通的綜合醫院，可是他們的結論都差不多，認為可能是不明原因關節炎或退化性關節炎，並且建議我：「現在還能走，等到走不動了再換人工的。」

「換完就可以好好走路了嗎？」

「不確定喔。」

看遍台灣我能夠找到的好醫生，還找不到答案，當真是不瘋魔不成活。我現在還能走，只是很痛地移動，很醜地移動。我不認為這稱為「走」。

醫官與高官

醫療代號 〇二二一〇二三

由於病因不明，加上新聞報導有些做完受動術的患者，病情不僅沒有好轉，還因醫生在手術過程施力不當變成骨折，我不想貿然執行。

醫療代號〇二二好像曾是一名軍醫，他擁有黝黑的皮膚，身材高壯，看起來孔武有力，治療手法也豪邁，跟大醫院裡那些像是得了冷氣病的文謅謅醫生比起來，完全是條漢子，就姑且稱〇二二為醫官吧，感覺他應該是個肯為病人嘗試各種可能、不拘小節的醫生。

輪到我的時候，他給我的病名是：「細菌性關節炎後強直」，建議我做關節受動術和關節鏡清創手術。他果然有提出一個新的治療方式，叫做受動術，就是讓我在麻醉的狀態下，由醫師徒手鬆動患者關節、拉開關節，這使我燃起一絲希望。醫官翻了翻行事曆，立馬幫我看到一個手術時間，爽朗地問道：「兒童節怎麼樣？」在我表明需要回家考慮時，他也毫不猶豫地在入院許可證紙上寫下手機號碼：「妳隨時可以找我討論。」

那張入院許可證上寫著：「住院臆斷：右髖關節細菌性感染後強直住院關節鏡檢查，需要外力。」後來我選擇不去做受動術，儘管如此，能在茫然的求醫過程中遇到這樣爽快的人，讓我感到醫病之間的距離不一定會隔得很遠。擁有合理醫術的是好人，若再多一點同理，就是人上人了。

之所以拒絕〇二二醫官的建議，和醫療代號〇二三這位高官有很大的關係。〇二三的來頭不小，曾經在政府機關擔任要職，在骨科領域也是頗有分量的人士。他非常詳細地檢查了我的腿，認真閱讀過往的病史資料，並且要求我再照一次X光。第二次回診，高官宣布我得了不明原因關節炎，建議我還是先嘗試復健，能拖多久是多久，等老了再換人工髖關節，現在還太年輕。

「有醫生建議我做受動術，您覺得呢？」

由於病因不明，加上新聞報導有些做完受動術的患者，病情不僅沒有好轉，還因醫生在手術過程施力不當變成骨折，我不想貿然執行，想多聽聽看其他醫生對受動術的看法。我當然希望他說出認同的話，可是看著我殷殷期盼的目光，他卻沉默了一下，最後語重心長地吐出一句：「我只能說，如果妳是我女兒，我不會讓妳去做這個。」連女兒這種詞彙都說出口，加上後續也有其他醫生勸退我，澆熄了我想嘗試受動術的心，同時卻也陷入更茫然的處境，不曉得未來如何是好。

高官先幫我安排復健，並分配給我一位非常擅長徒手治療、人又溫柔的物理治療師。她幫我測量平躺屈膝時的髖關節彎曲角度，目前只有十五度；而正常人可以彎到一百度至一百二十度，我跟大家之間有著一百度的差距，這就是我要努力的目標。

重返復健的日子：沒有愛的地方

醫療代號 〇二四

突然間我哼了一聲，就開始放聲大哭，
但我自己嚇壞了，她也嚇壞了，
馬上起身胡亂抓包衛生紙過來。

以前我都只看骨科，這回覺得好像應該聽一下復健科醫生的意見，心想也許這才是我的正途。我在家附近的大醫院掛了門診，醫療代號：〇二四。首次就診完畢之後我就體會到，復健科的精華不是醫生，而是後續配合的物理治療師，他們才是最實用的。

我被安排到一位開朗的物理治療師，她很認真幫病患分析問題。她認為我的問題不在骨頭，而是肌肉；因為某部分的肌無力，才牽引到骨頭。所以不論我再怎麼看骨科、照片子，都無法獲得滿意解答，從X光片看得出來我有關節沾黏跟軟骨間隙消失的現象，卻不明所以。在此我嘗試了一些針對鼠蹊部和大腿的運動，希望能讓腳的情況好轉。

我在〇二三、〇二四兩處共度過五個月的大醫院物治科復健時光，成效十分有限。治療師推測是陳年問題，靠自己做運動沒辦法一下拉開，可是我總覺得拉不動，而且做動作時都不是拉筋的痛感，比較像是在碰撞兩塊石頭；一方面也因為在公立醫院，物理治療師總是被壓榨，非常忙碌，無法專心顧及到每個病人。至此，我在公司的各種請假事由也快要用完了，雖然主管和同事都很體諒我，可是長久下去不是辦法。我的工作每天上班都要笑臉迎人，因為不良於行與活動受限，覺得身心都像緊繃的我的腳筋，拉不開。

〇二四幫我出了一張診斷證明書：

病名：右側髖關節攣縮，疑似由右側髖關節病變造成

醫師囑言：1.建議長期接受復健治療　2.不宜久站久坐與劇烈活動，門診複查

好讓我申請半年的留職停薪，準備回家鄉台南專心復健，也給身體一段休養

的時間。我在台北工作的日子暫告一段落，重返復健的日子。這話看起來有點奇怪，重返、復健，反反覆覆，來來回回，可是我卻還在原地，彷彿改變的只有文具行架上新出版的日曆而已，時間以外的人事物，都徒勞無功。

我曾經為了履歷表好看，再怎麼不舒服，都想留在台北繼續上班，安排自己的職涯，尋找對未來加分的工作，也認真工作。大家總說：「不要浪費人生，要嘗試自己的極限。」我也跟你一樣想知道自己可以跳多高、衝多遠，想要做一名有自己事業的女性，可是現在卻連一圈操場都不能跑，連走路到家附近一百公尺的早餐店，都覺得好遙遠。心氣再高又如何？就在家窩著吧。

這日子有一股梅雨季要來臨之前的扭捏感。天空是塊大板，老天爺一手把厚重的日光拍落到地上，底下的人被曬得辣呼呼的。盼來了一朵白雲，過一會兒再喚來幾朵，以為要清涼了，雲又忽地散去。過陣子，再有好大一團灰雲聚過來，潮濕的氣息籠罩著大地，水氣巴在皮膚上，我滿心期待坐在地上等，卻只等回了同樣厚重的日頭。好悶、好熱，風薰得人軟弱無比，衣服被汗蒸過一輪，飄出酸爛的味道。天空響過數十聲乾雷，雲反覆來了又散了，但始終沒下過一滴雨。

表面上我在公司像沒事的樣子，上班下班、回家出門，等留職停薪的日期到了就要回老家。朋友帶我喝下午茶散心，可是即使吃著喜歡的蛋糕，還是有種喘不過氣、要很努力才能吞下的感覺。在不能吼叫發洩、以免嚇到家人朋友同事的房間或辦公室裡，我要去廁所張開嘴巴張得大大的，用力喘氣，喘一喘。

週末晚上我到Y新遷入的套房玩，她給我看同事從東京帶回來的迪士尼水晶球，裡頭有亮粉會嘩啦啦落下來，好可愛呀。我們正聊得開心。

「妳的腳最近還好嗎？」

「還好啊。」我們沉默了一會兒。

「不知道為什麼，」她緩緩說著：「感覺妳好像，都是一個人在撐。」

我這時背對她，看著床對面白白的牆壁，正在思考牆壁那一角的漆有點脫落，看到一點點灰色水泥露出來了，這樣是不是需要重漆？嗯嗯，她應該可以跟房東說，請房東來補一下，不然會有壁癌……「妳真的還好嗎？」突然間我哼了一聲，就開始放聲大哭，但我自己嚇壞了，她也嚇壞了，馬上起身胡亂抓包衛生紙過來。

我可不可以就想著壁癌就好，不要去想很多事情，我不想去感受那些沉重的情緒。可是來不及了，空氣中只有哭聲。「我覺得……」我一邊哭、一邊含糊地說出三個我很不想承認的字：「很孤單。」家人和男友存在可是又不在，只我一人，這種孤單的感覺好像很不知足，可是確實又感到不被瞭解。一人獨行，無法訴說，沒有相同遭遇的人怎麼也不能理解我。就像因為普通的馬桶太低，腰無法向前、腳也彎不起來，所以最近我連上大號都開始不容易，常常都要喝些牛奶讓自己拉肚子。那麼輕又那麼重的事，那麼好笑可是又那麼寂寞的許多經驗，別人要怎麼懂，你會懂嗎？我說完又有什麼用。許多經驗，如果是好笑的也罷，我就當作聚會時拿出來與朋友講的飯後笑話，讓大家笑笑輕鬆一下，這些破事就只有這個功能了。家人與男友漸漸地離我遠去，亦好，省得我拖累誰。

她陪我痛哭了好久，可能有三個多小時，哭到連她也哭了起來。我久未釋放的一切，好不容易哭出來了，還好還能大哭，我就還能一個人撐得住。比起寂寞，更鮮明的情緒是看了眾多名醫卻屢屢失望的那種不甘心的感覺。明明自己可以堅持下去，拚命抖著要站起來，卻突然被人從背後用棍子大力抽一下，敗陣了，但要一次次站起來。身體對抗著疼痛的感覺，努力維持著表面與他人無異的日子，心中也混和了不安與被打敗的羞辱感，信心全失。

「什麼時候會再好起來呢？」當這麼仰望問著天空的時候，雲朵只是飄散又聚，沒有回答。在這種情況下，痛苦的不只我一人。因為腿的活動角度嚴重受限，髖關節骨質狀況不佳，那一天當F知道我受限於生理因素，不方便發生親密行為時，肯定地、嚴肅地對我說：「我沒辦法這樣一輩子。」我知道這很合理，我沒有什麼好埋怨的，可是依舊哭到不能自已。不能大腿開開的女人，不夠資格做人老婆。就那麼簡單。

那些跛行癱床的日子，輾轉難眠的夜晚，多年來不停看醫生卻又找不到答案的困惑，嘗試新療法卻加重傷害的疼痛，害怕好不了對未來的恐懼感，這是我自己的問題，可是我不會拿捏那條界線，我與他人之間，什麼情況才算是「一起面對」，而不是「拖累對方」？

多希望有人在我遇到人生中的挫折時，會願意陪我一起，而不是漸行漸遠。晚上轉電視，有個頻道正好在播罕病兒的紀錄片《一首搖滾上月球》，我和家人坐在同張沙發上看，過程中我一直睜大眼睛，因為眼淚流個不停，可是我不想讓家人知道，我再也沒辦法對著任何不懂的人解釋更多。心靈上不能依賴人，可是身體上又必須要依賴人，這個課題好困難，即使如此，我還是能夠被喜歡的嗎？哭鬧爭吵後隔日，收到F傳來一封訊息：「不會因為妳生病心情常常不好，就不想跟妳在一起，也想說我會更努力去理解妳在想什麼，需要什麼，想叫妳不要擔心。」看完訊息我很感動，就像《一首搖滾上月球》說的：「我們的愛就算殘破，也要呼喊世界每一個角落。」可是不像以前那麼樂觀篤定，更多是害怕，因為我深刻地知道，光是喜歡是沒有用的。日子不是幾格電影，放映完哭完感動完一切就圓滿了，你會一直、一直哭下去呢。

日子是柴米油鹽和帳單，因為痙攣睡不好而火氣太大所以破了又破永遠好不了的嘴角，是性慾是貪念是垃圾桶滿出來的衛生棉，是優碘、止痛藥和透氣膠帶，是騎機車的時候要用最大的理智才可以克制自己別衝太快去撞柱子，是不耐煩，是喘不過氣的責任。光是不放棄地維持住基本的生活品質和自己的身體樣貌，就已經要費盡全力；陪伴一個沒有奇蹟、只會帶來麻煩的患者，得要賠上自己的人生，誰能夠捨得，誰又忍心強求對方留著。不管是誰都會想落跑，誰願意為我寂寞？

還沒告訴你的，現在告訴你，這裡是沒有愛存在的地方。

再次重新振作

醫療代號　〇二五

發現自己原來即使在悲傷的時候，
也能感受到幸福的感覺，
好像經驗到人類心理的韌性與複雜，
一點勇氣油然而生。

二〇一四年十一月，我已留職停薪待在台南快半年了，做滿五個月的運動復健，腳舒服了一些，但是仍然沒有明顯進展，可以活動的範圍還是很小，日常生活卡關和限制俯拾皆是。醫療代號：〇二五，是媽媽友人推薦的，她曾經幫不少國手、職業運動員做手術後的運動培訓，平常在工作室擔任教練，四處開課，像是在社區媽媽教室幫大家訓練肌力和調整體態，是一位很有活力、說話海派的女漢子。

第一次見面她就給我一個超大的見面禮。她拿起幾項沒看過的工具，深深按壓了我的大腿臀部內、外側肌肉跟筋膜，聽起來是很舒服的事，可是一點都不！我不曉得人類的痛感可以到達這麼深奧的境界，這個酷刑整整歷時半小時，正當我淚流滿面嗚嗚叫時……

「很痛，我知道。辛苦。」

「嗯嗯。」（痛哭失聲，無法言語。）

「但是我要殘忍！不然不會好。」聽起來很不妙，但我來不及阻止。「記得吸氣，再來！」她馬上用力按下去，我噴淚慘叫。待一切結束，她鬆手之後，我下意識用雙手大力捶打了地板好幾下，連瑜伽墊都被我抓壞了。

復健的痛沒有極限，每次當我覺得：「啊！我人生就到此為止了。」總是還會有更慘的啊。要我形容，那大概是把身上一整塊嚴重瘀青的地方，用螺絲起子大力鑽開、撬開還不能閃避的痛。還好經過三個月的復健運動，痛苦是值得的，我終於可以比較挺直腰坐在抗力球上；光是這樣，教練也感動得想哭，我們有一種並肩作戰的感覺。雖然一路以來都很疼，可是受到她的活力感染，我們在這段日子裡一起積極地進行許多肌力訓練，強迫關節去動，即使在活動的時候會刺痛，我也要繼續使勁做。這段時光是愉快的，因為我感覺自己至少還在努力著，還有方向可以讓我去努力，就算成果無法盡如人意。

與此同時，我跟交往三年的F在爭吵中分手了，或者說是在恆久的沉默中我先起了頭，讓彼此解脫。有時候我分不清楚，究竟是生病使得談戀愛的路上會遇到更多挑戰；或者我們兩人只是個性和價值觀不適合。他一直在等我往前走，甚至有時候得拉著我走，但大多時候我卻停在原地。

我跟朋友說，有點羨慕F有一份好又忙碌的工作，可以跟朋友一起運動，有健康的身體來轉移他對感情的注意力；而我現在，自己一個人回到台南復健，一雙腳連想狂奔去都沒辦法，對未來也很迷惘。我笑自己真是選了一個分手好時機。朋友鼓勵我，F就這樣過下去了，但我卻是在「重組自己的人生，一定要有信心才行」。真的是這樣嗎？

有一天晚上，台南突然降下大雨，我騎機車在雨陣裡進退兩難，眼鏡一片模糊，空氣冷冷的，豐厚的大衣被淋濕，衣服貼上皮膚，好冷。但我沒有回頭，繼續向前。在滂沱大雨裡，我進到一家清粥小菜餐館，不知道為什麼突然好想要也好需要吃很多東西，一人難得吞了一大碗飯和四盤菜，不夠，再來一碗飯，直到好飽好撐，感覺餵飽了肚子，塞滿了自己，心情好像就不再那麼慌張、難受、孤寂。發現自己原來即使在悲傷的時候，也能感受到幸福的感覺，好像經驗到人類心理的韌性與複雜，一點勇氣油然而生。

走出門口，我邊在心裡說著好好吃，邊騎機車晃蕩，雨也轉為絲絲的棉絮，在一座又一座的街燈下輕飄飛舞著，守著我回家。現在的心情也只能跟小雨、街燈分享了。返回台南之後，才發現這裡已從家鄉變成陌生的遠方，這半年大部分的時間都一人待在家裡。儘管社群軟體再發達，親友不在身邊，有時候還是無法及時傳達當下的情緒，雖然我表面上裝作沒事樣，內心卻很徬徨。一邊孤單地復健，一邊對自己喊話一切都會好起來，好像在對自己說謊。這樣無助的心思只能依附在遠距離的男友身上，但他就像一座湖，不論說再多的話、再多的情緒，都像是霧一樣很快地消散了，沒有一點漣漪。那是一種怎麼填也填不滿的孤單和不被理解，以及知道自己不應該強求別人理解，卻又很遺憾、很失落的情緒。只能大口吃飯塞滿自己，咬得好痛以求短暫的精神解脫；也只有把食物吃下肚，才能真真實實為自己的身體帶來一些滿足感。是啊，只有努力為自己吃飽了，才能暫時忘卻煩惱，才有力氣在迎來的風雨中唱歌回家。

後來每個晴朗的晚上，我都會去附近大學的操場動一動。四周漆黑，只有幾盞發出強光的路燈，夜晚的跑道線就好像宇宙中各個星球行進的軌跡，操場上的每個人不分男女老幼，都繞著這個軌跡移動，即使是用難看的步伐，也是努力在跑著，流下辛勤的汗水。像這個人，他雙腳一高一低，模樣古怪地向前跑著；還有那個老伯不曉得把收音機藏在身體的哪裡，跑步的時候會有陣陣復古歌曲傳出來，好像在展示他的性格和生命力。那個有殘疾的年輕人跑完回家，不曉得要承受多少痠痛還有姿勢不良所帶來的傷害，可是他還是繼續跑下去，他也有享受汗水暢快流出、濕透T恤的成就感的權利。

該存在的星星，不管是以什麼樣的姿態運行在這個軌跡上，都是值得被尊敬的。我應該瞭解到，自己才是這整部自我生命中最需要關注的。我與世界的關係，我如何看待自己，認為自己是一個怎麼樣的人？我生命中的追求是什麼？有沒有永恆的目標？什麼情境讓我開心，什麼情境使我難過？我遭受的挫折放下了嗎？我得到的好處有珍惜嗎？我瞭解自己內心的祕密嗎？沒有別人的愛護時，我有足夠的力量愛護自己免於苦難嗎？翻到去年的日記，看完很難過，覺得自己這兩年都不太好過，但是今年下半年遇見了不同的自己，心情也經過很多轉折，我很珍惜這樣的進展。不管過去如何，再重新相信自己的身體一次吧！

入冬之前，我和朋友去台東玩，即使走路時一扭一扭，覺得關節骨頭們邊動邊隱隱碰撞，我還是在秋收的稻浪裡走了七．一公里，一直看著黃澄澄又含蓄的稻穗，遠處淡青色的山，還有一片好大好大能把我整個人摟住的天空。原來即使平日渾然不覺，身體還是持續回報努力，現在的生活就是這樣吧，「每天努力做好自己能做的事，就這樣活下去。」傷心的事就一點一滴留在稻浪裡，藍天白雲裡，飛逝的火車後頭，誰的歌聲裡和吃光食物的盤子上，不撿回來，不再去想。

有些事如果現在做不到，那麼就別去控制它增添傷害，最好的方式是在每天日常生活的實踐中，不疾不徐地等待，有一天會再好的。我對自己說：「放心，我會一個人努力下去，讓困擾了十年的腳好起來。」有一天，我想要完成爬上雪山過夜看星星的夢想，還要去喀什米爾大湖健行。有一天，我也能擺脫不能運動的惡夢，想跑就跑、想衝就衝、想跳就跳。雖然我現在沒有喜歡的工作和穩定的職場方向，也很徬徨，可是我還有時間去摸索和磨練自己。

再次失守的鼠蹊部

醫療代號 〇二六

接受我不想接受的。
我安慰自己不需要為此感到羞恥，但仍有深深的憤怒與害怕。
這些情緒沒有能指涉對象，畢竟誰都沒有錯，包括我。

二〇一五年二月四日，今天是立春要說好話，我有很多好話可以說。雖然腳還是活動受限，抬膝完全抬不起來，外展不到半個小時扇形，也沒辦法走遠、走快，但是經過女漢子半年的魔鬼訓練，我已經可以很勉強地讓坐姿呈九十度，走路的姿勢也比較像正常人，對自己也比較有自信一點。

回到原本的辦公室復職，每天上班有老闆和同事一起歡樂、一起運動，有朋友唱歌給我聽，跳舞給我看，有人常記得我，希望我不孤單，還有工作可以做，雖然未來目標還找不到，可是這樣的生活已夫復何求，覺得每一天都想珍惜。

後來會認識醫療代號○二六是靠媽媽的一位朋友帶路，如果沒有熟人介紹，將完全不得其門而入，因為這地方實在是太隱密了。他做的是傳統民俗療法，但不像一般國術館只是喬筋弄骨，他的醫療手法更有侵入性，是不合法的密醫。阿姨說她自己扭傷腳踝，都是來給○二六放血，連她女兒受傷也會特地從國外回來給○二六治療，掛保證地神奇有效。

治療場所在一處老公寓，白鐵門沒有、或者應該說是不能掛招牌，我們只能循門牌號碼找。按了門鈴，一位窈窕的中年婦女很快出來應門，她用鯊魚夾將一頭黑長髮綰在後面，臉上紋眉繡眼，臉蛋形狀長長尖尖的，模樣十分幹練。她招呼我們：「師傅正在睡午覺，我去叫他，你們在這邊稍等一下。」客廳鋪了木地板，布置兩張沙發和一台電視，引入窗外的光線，感覺很明亮，不像一般透天厝那麼陰暗；再走進去的第一間房裡面擺了幾張長長的美容床和幾籃透明拔罐器，第二間房擺滿器具，看起來像用來美容美髮的地方，應該是由中年婦女負責打理。

師傅睡醒走進客廳打招呼，他是一位高壯男子，在這麼冷的天氣裡只穿著鋪棉背心和短袖汗衫，深膚色、大眼睛，手臂上的肌肉感覺孔武有力。他請我走進房間，讓我在床上趴好，開始檢查我的腿。

「妳這腳的角度怎麼這麼差？」我連忙解釋起這幾年的病況，他聽完之後回應：「妳這是沾黏沒錯，這種很適合用我的治療方法。」他稱自己的治療方式叫做針刀療法，用號稱獨門的鋼製小針穿到患者肌肉組織中，這些小針的最前端像箭頭一樣鋒利，可以切開沾黏處，再用拔罐器放血。「妳這個要做不少次，每次要打五到七個洞，但是很快！」

在這樣的民宅裡，治療時當然沒有麻醉藥，他一直安慰我：「很快就會結束的，妳根本感覺不到痛。」我當然很願意嘗試新療法，我認命地覺得怪病大概只能用怪方法來治療了，只要可以好，我都願意。

我當場花了一點時間做好心理建設之後，躺在床上讓婦人先為我推拿臀部和大腿，接著閉上眼睛趴下，完全不敢看〇二六接下來要做什麼。他用力想要將我的大腿往腰部拉，弄成像青蛙腿那樣。人體如果想要做到這種姿勢，關節要有可以扭轉、且往上的活動空間，可是我實在沒有，他看著只能微微彎曲的腿，以蠻力硬壓出一點角度。我光著屁股，心裡拚命默念著：「沒關係的，忍一下就過去了！」忽然感覺有很長的刺戳到屁股肉裡，一個戳完又一個像打地鼠那樣動作快速，「喂、喂、喂！你好像不只刺了五到七個啊！」我在心中吶喊著。接著，我感覺有好幾個拔罐器貼上我的皮膚，「妳看，妳的血都有泡泡，好多，這些在裡面妳不會好。」他招呼著媽媽和中年婦女來看我的屁股，「真的耶，有泡泡。」〇二六宣布抽了兩百CC之後，他終於停下動作，再幫我的屁股撒上一些白色粉末，像白胡椒粉那樣，據說是他祖傳的消炎祕方，一道水煮屁股終於烹調完畢，可以上桌了。我真的覺得自己就是一塊五花肉，花了一盞茶功夫，又是按摩又是敲打又是放血又是撒料的，被煮成一道菜。

第一次嘗試〇二六的療法，回家之後針孔處不太痛，平心而論是真的有效果。腿可以轉動，抬起的幅度變好了，回家後我竟然可以把右腳凹成殘障版的青蛙腿，雖然角度還沒辦法像左腳那麼好，不過已很讓我驚奇了。於是我又回訪好幾次〇二六，每次治療完都帶著瘀青回家。瘀青沒什麼好怕的，因為腿的活動角度持續有進步，可惜沒治療幾次，我又卡關了，這下〇二六說要換個地方戳洞才有效：「後面的我幫妳解開了，還剩下前面的。」所謂前面的，指的是我兩股之間的鼠蹊部。

我立刻回想起十年前，在大醫院被人從大腿內側鼠蹊部抽關節液的惡夢，我真的、真的不想讓任何陌生男子再在我的鼠蹊部戳洞了，因此雖然很羞恥，但我還是公主病地在診所大喊：「我是女生耶！」大家可以不要再在我的私密處附近摸來摸去、動來動去了嗎？我內心充滿厭惡的感覺，都要溢出來了，萬萬沒有想到十年之後鼠蹊部要再度失守。

鼠蹊部，維基百科是這麼解釋的：「人體腹部連結腿部交界處的凹溝，位於大腿內側生殖器兩旁。」通常除了性交和洗澡的時候，鼠蹊部是不會被自己以外的人觸碰的。你聽過吧，陰道通往女人的心裡，在陰道的四周，原本應該是女人最捍衛最敏感的地方，柔柔軟軟，有著細細微微的感受神經。這裡通往愛、通往快樂、通往親密關係、通往一個女人的心裡。但在醫療行為的面前，這不過是一團肉而已，雖然我不知道這是否能稱之為醫療行為，但我必須這麼想，然後打開來，接受我不想接受的。我安慰自己不需要為此感到羞恥，但仍有深深的憤怒與害怕。這些情緒沒有能指涉對象，畢竟誰都沒有錯，包括我。

事到如今，我身為女人的功能可以說沒有了，隱私和矜持又算什麼東西。回到幾年前領悟的那句，「不能大腿開開的女人，不夠資格做人老婆。就那麼簡單。」因此說歸說，想到這麼做也許可以好起來，我只能逼自己硬著頭皮嘗試。

我的大腿其實張不太開，所以〇二六用力扳開我腿的時候，我的腰、背也代償性動作地拱起僵硬著，整個人像是被吊起來動彈不得又微微發顫的豬，我只能閉上眼睛讓他快點完事，但這一次的感覺卻和過去完全不同，戳在鼠蹊部上的刀感覺好痛，戳完了又要用拔罐器放血。

也許是因為太緊張了，也許是因為本就不該這麼治療，這一次結束後，腿不僅沒有變得更好，反而又漸漸回復到從前的樣子，回到原地打轉，不，沒有原地打轉那麼幸福，還讓病況加重了。

從堅強到勉強

醫療代號 〇二七

我有一種找到知音的感覺，
終於有人瞭解我不是不動，而是真的動不了。
不管我再怎麼用力，關節就是不能往我想的方向和姿態去。

在往北的高鐵上，我旁邊坐了一位中年男子，他正擦乾肩膀上微微的雨珠，一手捧著一大束紅色玫瑰花和黑色公事包，看起來有些突兀。他感覺心情很好，向我搭訕著：「雨下得好大呀。」方才經過台中高鐵站時，雷聲隆隆，天空灰灰的。

「玫瑰花好漂亮喔。」

「對呀，要送給我老婆的。」

「您剛下班嗎？」我望了望他腳邊的公事包。

「沒有，我只是去台中出差。我現在當這家公司的顧問。」這位大叔遞給我一張名片，他是中部一家大型上市公司的人資顧問，於是我們聊起了財經的話題，到該下車的時候，他從玻璃紙中抽出了一朵較為粉色的玫瑰花給我，「祝妳快樂喔，一定會好起來的。」

今天是五月二十日代表「我愛你」之意，是快樂的日子。我帶著那朵玫瑰花到當時的男友家，包包裡還躺著一張入院單、住院手冊和手術說明書。我今天下午到醫療代號〇二七那兒回診，他同意幫我做髖關節清創手術，也已敲好日期，我想真的如那個陌生大叔所說，一定會好起來吧。此時此刻是我這幾年來最快樂的時刻，我應該是得到了老天爺送我的禮物、一個暗示吧，這一朵充滿希望的玫瑰花盛開著，祝賀即將重生。

幾個禮拜以前我還對〇二七一點也不感興趣，他是親友介紹的醫生，介紹詞當然又是：「我曾經被他醫好、他很厲害喔」這種見證式廣告，但又是一個骨科醫生、又是一個權威，聽起來就很不妙，我心想他應該只能說出和前人一樣的話吧，那些話我都聽得夠多了；更何況要找〇二七，我還得從台北南下看診，每看一個新醫生不回診三次是得不到結論的，也就是說我又要向公司請一堆假了。抱怨歸抱怨，我還是如往常一樣不爭氣地去找新醫生，雖然不知道什麼時候這種樂觀才會被消磨光。不過這次我好像真的遇到貴人了。

〇二七很仔細地流覽我過去的病史，他帥氣地對「退化性關節炎」「不明原因關節炎」的說法嗤之以鼻，認定我比較近似單一部位的「風濕性關節炎」，雖然之前我做過遺傳檢驗結果為陰性，不過他說：「還是有可能。」這點我也認同，這是人生，一切不可能的光怪陸離都有可能。

「那就打開看看吧，做清創手術順便細菌培養，這個關節沾黏一定要處理，不然妳硬是復健也動不了，沒有用。」他安慰我：「會好的。」

我有一種找到知音的感覺，終於有人瞭解我不是不動，而是真的動不了。不管我再怎麼用力，關節就是不能往我想的方向和姿態去。

手術預定日那一天早上，我在家整理要帶去醫院的盥洗用具和衣服，沒想到包包裡還亂塞著兩張壓扁的粉紅色單子，我打開來看，是醫院的收據。第一張列著一〇四年五月二十日掛號費一百元、診察費三百四十元；第二張列著一〇四年六月三日掛號費一百元、診察費三百四十元、X光費二百元，再把兩張都放進抽屜裡的塑膠袋子。這個袋子裡面有滿滿的各色票據，現在又多了兩張，都是歷年從各種醫療場所累積下來的收據，光是門診費和各項雜費加起來也有個五、六萬吧。這幾年四處看診，有些收據早就不知道跑去哪裡，剩下的就擺在抽屜裡。我衷心期盼著，今天收起來的會是最後一批。

入院先過了一夜，隔天我躺在移動式病床上，兩位護理師推著我從病房去開刀房。我有點緊張，可是又有點開心，鼓勵自己開完刀就會舒服很多喔。病床經過有小坑洞的地板時發出清脆的金屬碰撞聲，病房裡的空氣中飄著很細緻的西藥粉味，那是一種很理智、很不血性的味道，在這裡的一舉一動雖然都左右了人們的七情六慾，卻也不允許七情六慾的流瀉。我們路過一個空蕩的樓層，上午的陽光從大窗戶外面伸進來蓋滿整個空間，大部分的東西都是白色的，白色的牆、白色的椅、白色的窗櫺、白色的護士服、白色的地板，只有我穿的衣服有點顏色，可是也洗得有些褪色了。

這不是我第一次動手術。我多年前人生第一次進開刀房是近昏迷狀態，不太記得手術前發生了什麼，只記得那一次醒來後因為滿床，我先被擱在急診室，家人買了超商的葡萄汁和吐司放在旁邊的小桌上，第一句話無奈地笑著說：「都是妳，我本來要出國玩，現在取消機票了。」接著護理師跑進來清創，還記得是一個聲音很好聽的中年女性，她一邊安慰我「會輕輕的」，一邊挖出傷口洞裡的棉花、再把新藥塞進傷口裡，實在太痛了，我在人滿為患的急診室裡大哭，期盼著護理師說的：「等上去病房就給妳打嗎啡。」

現在我的小腿上擺了幾張手術同意書，有些癢癢的，我動了動腳磨蹭紙張，繼續想著等一下術後醒來，肯定會是清理乾淨的一隻腳，之後就很好使喚很能動了，多好啊。可是當我再度睡醒時，我卻覺得很不對勁，怎麼一切都跟我想像的不同？

我在恢復室開始有意識時，第一個感覺是「好痛！」我平躺著覺得臀部、腰部、大腿都痛成一團，分不清楚哪裡才是源頭，劇痛得讓人有點慌張。我請護理師幫我翻過來，把姿勢換成側躺抱膝姿，「還是不能完全抱膝？」我發現腳的術後角度並沒有我幻想得那麼好，可是這個姿勢確實比平躺舒服很多，不曉得為什麼。〇二七來巡房的時候解釋，之所以沒有完全清除乾淨是因為要保留一點空間，可以活動就好，我的組織太脆弱了，如果他完全清到底怕會斷掉。他在手術房麻醉的情況下幫我嘗試了，我可以屈膝貼到胸部沒問題，他安慰我手術應該是很成功的。

住院的四天裡，傷口的痛在忍受範圍內，家人帶著魚湯來照顧我，男友也陪了一晚，雖然身體痛苦，可是有大家的陪伴，跟醫療人員都說說笑笑的，心裡感覺很幸福。出院單上寫著：

診斷：一，右股骨髖臼夾擊症、二，類似右髖關節風濕性關節炎

醫囑：患者因上述疾病，於民國一〇四年六月二十四日住院，於民國一〇四年六月二十五日接受關節鏡輔助清創手術，於民國一〇四年六月二十八日出院，宜門診追蹤治療。使用拐杖助行六週。

我學好復健動作之後便拄雙拐出院回家，沒想到是場超級惡夢。連續一個禮拜，我都痛得不得安寧，手術劃開一道長長的傷口，裡外都張狂地生長；被削磨

清創的骨頭好像在報復，劇烈疼痛，痛從疤痕流出來收不回去，像火山爆發後淤積了厚厚的灰。也許是因為離開醫院的止痛針，加上口服藥無效，臀部和大腿四周都脹痛著，痛到睡不著，狀況很不好。我有時頹喪地趴在桌上失眠，或擱淺在沙發上失眠，不論如何都失眠，且成為一次失敗的經驗。這對我的主要照顧者來說也是惡夢一場。

回診時〇二七對於我的劇痛感到非常不解，只能幫我換另一款止痛藥，他說要把我寫成一個醫學個案投期刊，我們的結論只能是，有嘗試總比沒有好。

「妳這可以領重大傷殘手冊，如果需要的話，我可以幫妳開證明去申請。」

我苦笑說：「哇，那以後很方便耶，可以停殘障車位。」

當然，最後我並未提出申請，直接撐著雙拐回家。我只希望永遠都不要看見那張證明長什麼樣子。我在心裡發出重重的嘆息，堅強的自己似乎變成了曾經，剩下來的，都是勉強。

有個學者皮亞傑說，人在面對不想要的東西時，會出現同化或調適這兩種心理適應過程，以達成內在平衡。同化是在面對小小的刺激時，只要稍微調整自己的認知架構就好；調適則是需要做大幅度的調整。顯然我一直堅守對於「我是誰」的認知，心靈不願適應這個不斷衰退的身體。我不想放棄，但也開始思考著是否還要繼續勉強自己，或者乾脆爽快承認自己就是注定跛腳一輩子，疼痛一輩子，換了髖關節也不會好，這樣活一輩子就是我的人生。如果我就是很偏執，希望生命一定要長得某個樣子才算數呢？在那裡面有一個偏執，一個對生命的執著，一個對活得美好的熱情，一個追求，一個詩性，耽迷於欣賞那美麗的錯，那麼結局會是什麼？我該不該繼續捍衛「我是誰」？

在家休養時髖關節仍無法全蹲，我就盡量坐在從前坐不下的低椅子上，也盡量做醫院教的復健動作，依然發現角度逐漸縮了起來，雖然現在還不太明顯，可是我仍感覺得到絕對比術後醒來的那一刻還要差。

跟男友講電話的時候，我覺得自己像刺蝟一樣可恨，明明以為手術後一切會雨過天晴，慢慢好轉，想不到還在暴風雨盤旋的季節裡，直到夏天過完，還是淚流滿面。

剛認識男友的時候，我心想健康的另一半大概無法理解我，於是十分慎重地觀察。第一次好感是他突然彎腰，在大街上幫我綁鞋帶，他似乎發現了我勾不到鞋子，只能裝作沒看見任鞋帶甩來甩去，不知如何是好。第一次約會也是陪我看醫生。他告訴我，以前他也曾經歷一段很長的治療時間，那些病榻心聲和愧於家人的心情，如出一轍。於是我也全盤托出我的。還以為同病相憐會是比較好的交往模式，但就跟手術結果一樣，那一年腳沒有好轉，感情也沒有好轉。後來我們就停在某一天了。那一天我和他抱在一起哭得很厲害，走之後他傳了一張電影《星際效應》的劇照給我，告訴我：「永遠愛妳」。再隔沒幾個月，對方的出軌終於劃下彼此這趟星際旅行的句點。

如果兩個人身處不同的星球，因為星球上時間受不同重力影響，可能一個人過了七年，另外一個人才過了一個小時。我們可以翻過一個峽谷就是過去，一座山丘便是未來。我想每個人的人生可能就是如此，雖然外觀都是人類，卻處在不同公平的狀態下。雖然兩顆星球曾經因為愛的吸引而靠近了，那時還活在陰影下的我，時間感卻和別人完全不同，我的世界可能要過很久很久才能有一小步，未知數太大又太多，不能浪費其他人的分秒，只能目送。

在這十餘年之間，我經歷過兩段愛情，在我學習愛的過程中，因為疾病的緣故，讓這段學習更加艱難和不安。誰不希望自己最低潮、最困難的時候，對方可以多陪伴和關心？可是那一條付出的界線在哪呢？我多希望以前課本有教，何時要廝守、何時要放手，才是社會上的道德共識。婚禮的當天，都說彼此生老病死都得不離不棄。關於這點，我願意、也曾經以同樣的標準要求他人；最後卻不得不承認，同甘共苦似乎有其極限，有時候愛情是建立在一個人的幸運之上。如果幸運，會擁有正常的身體、精神和日常生活，吵吵鬧鬧也罷，歲月靜好，細水長流；一旦不幸跌入深淵，愛情便無效了，取而代之的，很可能是一句：「不要對我情緒勒索。」

猛男與柯文哲

醫療代號 〇二八—〇三〇

世界那麼大，我多學習一些經驗、再多一些經驗，
這次手術挑戰失敗了，我總會再找到出路的吧，
不管是身體上或者心靈上，還沒到自暴自棄的時候。

髖關節清創手術距今快要一個月了，除了原本醫院教的復健動作，出院之後我還找物理治療指導，希望做長期的持續復健。我先在台南看了一位很普通的徒手物理治療師，醫療代號〇二八，普通到在此表過不提。後來到台北就近找到一間物理治療診所做術後復健，醫療代號：〇二九。此時髖關節的角度退步得更明顯了，雖然活動範圍比術前好，可是也只恢復到兩年前的水準，距離「正常人」實在還有很長一段路。

拉前側肌五分鐘、單腳前伸展、鐘擺運動、再回到拉前側肌五分鐘，日子是復健、復健、還是復健，一再重複單調的動作。第二次治療的時候，我和暱稱為「猛男」的〇二九治療師談到交感神經。猛男似乎認為，有部分我的腳彎不起來是因為交感神經拚命警告大腦。他解釋：「妳疼痛的記憶太久了，一有動作，交感神經就馬上告訴大腦快點保護！於是抬不起來，腳下意識抵抗。這就好像跟了妳二十幾年的個性問題，妳是一個謹慎的人吧？」

他的一句：「妳痛得太久、經驗太深了。」讓我有被理解的感覺。猛男說，很多病人在患部好了之後還是覺得痛，那是交感神經向大腦發送的保護訊息，於是我們要一次次、一天天給予大腦不同的經驗和學習，我的復健關注範圍從髖關節，還多了靜坐和自己按摩下腹部。但願好的經驗取代壞的，洗去大腦的反射動作。

第三次治療，猛男好像比較知道如何跟我相處了，他讓我在充滿支撐力量的環境中自己擺動雙腳。「我們要互信，妳往哪裡去、我就會跟著妳。放心。」我發現自己已是個極度害怕風吹草動、一有變化就渾身緊繃的人；他跟著我擺動，讓我覺察到自己此時多麼需要在一個強大安全感的環境或關係中。做完治療，我一個人在診間哭了一會兒，世界那麼大，我多學習一些經驗、再多一些經驗，這次手術挑戰失敗了，我總會再找到出路的吧，不管是身體上或者心靈上，還沒到自暴自棄的時候。

最近上班很忙，比較沒時間去貓咪中途之家幫忙。當幼貓志工是最近生活中的慰藉，很喜歡貓咪的我，因為家中從小就禁養寵物，只能去陪陪牠們，偶爾幻想將來有天可以養一隻。朋友覺得我應該養比較黏人的貓咪，可是我最近煞到的是一隻非常閉俗的黑貓。牠在中途待了很久很久都沒人領養，其他貓咪都一一被領養了，只有牠每次看到陌生人就躲起來，也懶得跟不熟的人打交道。中途媽媽說，牠之前還在收容所時，因為身體比較健康，加上數量管控，中途之家只能忍痛先救別的比較孱弱的貓咪，很晚才來帶走牠，就這樣牠被莫名地剩下來了，不知道牠是否因此心裡酸酸的，不太親人。因為比較強悍，所以生活就要受比較多折磨嗎？因為比較強悍，所以就不容易被愛嗎？我想是吧，老天爺就是看不慣這樣的人，非要受了傷還能向人涎著臉說謝謝、撒嬌賣萌，識相才能倖免於難。

前幾天有個朋友跟我說，她在醫院被回診和無用的檢查迴圈搞得想放棄之後，突然懂了我一直在看醫生的無力感。我又回想起了這些年，在各種醫院各個科別、診所、民俗療法、台灣各地，兜兜轉轉、浪費時間、提起又放下的經歷。

希臘神話中有個小人物薛西弗斯，他常常出現在久病和成癮的故事中，代表受罰之人的意象。他被神懲罰要將一塊巨石推上山頂，但每次到達山頂後巨石又會滾下山，他永無止境地推石頭上山又滾下去，推上山又滾下去，徒勞無功，日復一日下去。這世界上沒有比徒勞無功和毫無希望更可怕的事情了。

在卡繆的說法裡，薛西弗斯是個荒謬的英雄，他沒有權力，卻有叛逆，因此：「他的熱情之多一如他的苦離之大。他對神祇的輕視，對死亡的憎惡，以及對生命的熱愛，使他贏得這種不可言喻的處罰：他必須拚命做一件無所成就的事情。這就是對人世熱愛所必須付出的代價。」生存是如此荒唐，萬事不能操之在己，薛西弗斯苦難的出口是放開自己的心靈與意志，如果能體會到苦難也是美好的，那麼它就是美好的。這樣的境界好崇高，我現在好像還做不到。

猛男對我投降之後，現在治療我的這個物理治療師，醫療代號：〇三〇，他是大醫院的復健科主治出身，言行舉止有點像柯文哲，我喜歡他那種自閉混合過動的幽默感。他說，他覺得我是一個很樂觀的人。這跟大家對我的印象似乎有點出入。我想是因為物理治療師看的病人多，他明白我走過什麼樣的路，而我是一個連他也覺得非常棘手的病人。初次見面時，他很訝異於我的骨架保持得很好，沒有因為髖關節的問題導致脊椎、骨盆也壞了。「因為一直有在復健跟看醫生啊。」我苦笑著，這是大把銀子和肉痛砸出來的成果。

每個物理治療師在治療的時候，都會問病人：「痛嗎？」而這一個物理治療師也會，但他不待我回答，就會直接幫我自問自答：「當然好痛，但不想去感覺，懂！」然後繼續埋頭他的工作。他知道我痛得說不出話來，有時候連叫也沒力氣了。是的，「不想去感覺」。我真的不想去感覺，復健的時候只能盡量想些快樂的事情，雖然眼淚還是不爭氣地一直掉，因為太痛。

以前我不是這樣對待看醫生這件事情的，我很認真地覺得我會好，很認真地相信每個醫生，我投入、感受、記錄、鼓勵自己。但我想，現在的自己已經累了，不能再承受任何失望。漸漸地，越來越像一個對生活沉默且低頭認輸的中年男子，我不想去感覺。不想去感覺的除了痛，還包括我那些曾經可以有、但擁有之前就注定不可得的一切。全部。曾經憧憬或想放縱之類的這些、那些。

〇三〇昨天告訴我，「隔壁床的那個才痛了兩個月，就哭說要崩潰了，我一摸她的肩頸，真想跟她說，這跟我看過的病人相比不算什麼。雖然我不能這麼說，哈哈。但是我真想告訴她，雖然她不是很幸運啦，但真的算不上是不幸的人。」我知道，〇三〇這是一種砥礪和拍拍我肩膀，說辛苦了的意思。

我覺得人生最難回答的問題是，沒有做錯事，為什麼卻被懲罰？這是一條孤寂的路。那些在醫療空間裡，迂迴、晃蕩的幽魂們，大抵都正在走這一條路：一個人，沒有同類。心慌經驗無法訴說，挫敗怨氣繼續往肚子裡吞。畢竟外面是一個只崇拜快樂、迴避悲苦的世界。健康的人往前走著，而幽魂們有著自己另外的輪迴。若能遇有人在路途中，伸出手說他理解。雖不是同類，已是慶幸了。

精神科的蔡康永

醫療代號 〇三一

希望別人不要注意到我，希望自己是隱形的。
經過那麼久的時間，
我才終於學會不要把生氣或沮喪的情緒告訴別人。

「我有在想妳應該要怎麼想這些事情，才會比較舒服。」跟男友分手之後，X很擔心我。他說他有一個精神科醫生朋友，要我務必去掛號看看。我聽了他的話去掛號，一方面也是想知道自己到底是否還撐得住，或者我只是誤以為自己可以，其實已經很危險了？

醫療代號：〇三一。那天坐在精神科的診間，人來人往，十分擁擠。這間大醫院的裝潢感覺久未翻新，有點年紀的室內拱門設計、狹窄的走廊，一時間我好像走進了什麼復古時代村，回到日治時期。診間很小，像一塊四四方方的豆腐乾，連牆壁的顏色也很像豆腐乾有點泛黃。在我進去時，在我前面看診的人還在跟醫生話家常，是一個媽媽陪同而來的中學生，似乎有過動的問題。

輪到我時，我在醫生對面的小圓椅上坐下，一個年輕的、略略駝背的醫生從螢幕前抬頭看我，親切地說：「等我一下喔，我把剛剛的資料key一下就好。」醫生戴著徐志摩的圓眼鏡，書卷氣很重，像是五官沒那麼帥氣的蔡康永。

蔡康永問：「子瑜怎麼了呢？」

我開始描述身體的事、失戀的事。他聽完之後例行性地問了一些生理問題，例如睡眠情況、外出情況、交友情況和工作情況，我們一來一往，聊我生命中事件對我發生的影響，竟聊得頗愉快。

「我覺得，失戀對妳而言應該還好，過一陣子妳就可以復原了，妳是一個很堅強樂觀的人。」

「那……我需要諮商嗎？」

「我覺得不需要喔。」蔡康永頓了一下又說：「我倒是比較擔心妳的腳，可能會給妳越來越多負擔，希望它可以好起來。」

「我也希望。」

就這樣結束了，我的精神科之旅。有時候，我想是不是因為我還沒瘋狂，所以腳好不了，老天爺要作死到一個地步，讓我趴在地上永遠爬不起來，我才能脫離這險境。這麼多年了，我還是沒有找到病因，也無法責怪任何人、一場車禍、一種傳染病、祖先留下來的遺傳，我什麼敵人都找不到。我唯一可以恨的只有自己。可是我又要愛我自己，又要恨我自己，又愛又恨，該如何自處？只能將老天爺當作假想敵了，一個那麼遙遠、虛幻又未可知的形象，連恨的對象都如此荒唐。

我用奇怪的姿勢，緩慢地一拐一拐走在馬路上，頭低低的，希望別人不要注意到我，希望自己是隱形的。經過那麼久的時間，我才終於學會不要把生氣或沮喪的情緒告訴別人。一個曾經活潑愛鬧、肆無忌憚、總是我口說我心的人，終於到了「懶得解釋」的階段，對任何人都是。學著把一切都給自己消化，可是即使經過那麼久，我還是學不會、看不懂自己非得上人生這一課的理由，我該具備什麼條件，才能從這一課畢業？成為一個無神論者嗎？因為應許和禱告都沒有實現。還是成為一個能夠憐憫別人的人嗎？我覺得我已經是了。

儘管腳的問題使我煩躁，仍然努力想跟其他人一樣，在工作上有一樣的心力表現，去遠行去慢跑，不要因為腳而讓日常生活或戀愛受限。但，這些當然都是不可能的。如果這樣的「失去」沒有盡頭，好希望不要前進了，我走不到那個終點，也不忍心看見狼狽不堪、破破爛爛的自己。

肆 求神

雖然我們是脆弱、愚昧的人類，也能付出不輸鬼神，
甚至更加純潔、溫暖的善意，足以改變他人的命運。
有時候，神也只是人；有時候，人可以是神。

改變命運？

我不知道哭了，
是為過去種種感應而哭，
還是為現在自己迷失不已而哭。

生病的這許多年，我四處求人，也求神。

我家沒有固定的宗教信仰，有時去廟裡拜拜，有時接觸佛教。爸爸以前常看佛經，家裡也擺著漂亮的佛經抄寫雕刻，從小我也學了幾句，喜歡字裡行間那深不可測的語意。但病痛來的時候，佛說似乎太縹緲了，無法撫平當下因痛楚而慌亂的神經，因此我開始去廟裡拜拜。

家住台南，最有名的就是舊市區永福路的大天后宮了，記得高中初病的時候，我去請媽祖和玉皇大帝收驚並保佑我，神明給了我一首將會平安的籤，我便寧靜等待，後來腳漸漸自動康復了，雖然時好些時壞些，但這期間也算平順。

我大學畢業後出社會工作，腳開始進入了一個不可挽回的頹勢，像是好端端地突然就掉下一個裂開的口子，下面是疼痛和僵硬的深溝，身體、心裡都很煎熬。我一邊跟醫生、治療師和民俗療法的師傅們攪和，一邊和神明打交道。

起先，學姊帶我去基督教的教會唱詩歌。每個週末早晨，動輒幾百人在一個大會堂裡精神抖擻地唱歌搖擺，像是開演唱會一樣，揮灑著年輕和活力。裡頭的人不是向我微笑示好，便是低頭喃喃為我禱告，「主呀，求祢移除她腳上的病痛，求祢醫治她，主呀，她是祢的小羊。」於是，在有些感動的聖光之下，我成了一隻待宰的羊。

每次去都要給予什一奉獻。如果是教徒，便要捐出每週所得的十分之一給神，如果不是教徒如我，那就意思意思幾百塊吧。但我總是覺得，那些錢都給了教會的陌生人，不是給了心中的神。可能因為這樣大不敬的念頭在內心作祟，主並沒有在我身上展現祂的奇蹟，我照樣在馬路上哭，照樣腳疼。

人在低潮，難免接觸命理玄學，於是我去排八字，看看生命中有何大劫。台北吳興街的那一位，板橋的那一位，台南小北夜市旁的那一位……這些玄妙的男男女女，假使我未開口說明，從沒有人告訴過我，這一生中，我會腳疼。

他們口徑倒是挺一致地，說我要小心子宮疾病，要留意肝方面的疾病。然後沒了，屬於疾病的這一部分就此告一段落。接著他們總是花了很大篇章在講解我的性格、家庭、人際關係、愛情、事業與苦難，批了我的一生，包含我會活到七老八十歲。有些情節大方向、個性描述真的有說到點上，我聽了也覺得很有道理，有時拿出來警惕自己一番，或者感嘆命運的曲折。可是我常常也疑惑著，怎麼會沒有一個算命仙批中了我這一病十年的流年，深深影響了我的性格、家庭、人際關係、愛情、事業，這苦難甚至是現在進行式，卻沒有一個人提及。

有一回更玄了，一個朋友好心帶我去找了她的師傅。不是紫衣神教的師傅，而是一名住在台北市郊的女人。夜裡抵達之後，我下了車一眼看去她所住的社區大樓建築設計，啊！好像狐狸住的山洞。入大門後拐來拐去，樓梯上上下下，好不容易進入洞裡，女人開了一瓶洋酒要我非喝不可，這感官體驗實在是太奇異。

她說，妳的腳不應該有問題呀，妳的腳沒什麼事，回去用老薑片多推幾下吧，接著煞有介事談起了我生命中的愛情。這個男朋友好不好、將來會遇到什麼樣的人，以及前陣子她才幫一男子找到真愛的故事。她跟那位從不運動、桃花稀缺的大齡男子說，你必定要在某年幾月分去參加戶外運動，結果男子在自行車活動中結識了美女富家千金，順利結婚了。至於我，建議參加品酒的活動。又是酒！我只覺得，腳不舒服，不太想喝酒，而且也不該喝烈酒吧。

她特別提醒，記得穿洋裝長裙去參加品酒活動，這樣對方就看不見妳的腳走路不便。啊，剛才說我的腳沒有大問題？我開始狐疑自己是否在做夢，最後灌了幾杯威士忌不加冰，帶著醉意離去，也許腳痛只是一場夢，明天醒來就好了吧。

有時候，人幫不上忙、神也不想幫的事情，還可以問鬼。二〇一四年春天，我做完髖關節PRP治療後未果，陷入一波找不到醫生能治的低潮，通靈阿姨在這時候登場了。另一個朋友介紹她的師傅給我（怎麼好像人人都有師傅）。這位阿姨的傳奇是，朋友懷了第三胎，原本不想再生，結果阿姨告訴她，是男孩喔、會帶好運來，於是她生了，也確實是男孩。

我與通靈阿姨約在一間備有素料理的咖啡廳，依循朋友的指示，包給一千塊的紅包。阿姨坐下後，先閒聊一陣，接著抓住我的手腕，開始「感應」。她微微地閉著眼睛，開口說，看到了我某一世的樣子，是一個備受寵愛的後宮妃子，因為皇上不來，就會懲罰丫鬟出氣，打她們的腿和屁股，所以現在我的腳才會這樣，集結了太多冤債。其中有一位被打的女孩，現在就在這咖啡廳，就在我旁邊看著我們倆交談……

通靈阿姨指示，我現在就要很誠懇地對她說：對不起。我照做了，在內心模擬那一世的情況，想像那位女孩披頭散髮、惡狠狠地瞪著我的樣子，和她說對不起。但因為我從來沒有當過妃子，只好借用《甄嬛傳》的場景來想像，當時這齣劇在那年正巧非常熱門，好吧，我也算是趕上潮流了。

阿姨又開口了，說我在二戰時期是戰功顯赫的日軍大將，在上海殺了很多、很多人，說到這裡，阿姨突然很想吐，還用手摀住她的嘴巴。平復之後她說，因為那情景太噁心了，好多屍體。啊，原來我當完權傾一朝、傾城傾國的霸氣妃子之後，再當了殺人無數、威名一時的超級大將軍，然後這輩子誕生在台灣的台南市，當一個非常平庸的平凡人。

通靈阿姨說的話，我不置可否，有時笑笑，有時認真想該不會「我」真的那麼壞吧，上輩子的我也叫做邱子瑜嗎？什麼是「我」、什麼不是「我」？我聽阿姨的話，回家念「普門品經」懺悔，迴向給那些被我傷害過的靈魂。阿姨說，念經的時候如果哭了，代表有感應，我真的哭得唏哩嘩啦，如果可以的話，多希望世界上沒有人受傷，沒有病痛，什麼不開心的事情都沒有。

我不知道哭了，是為過去種種感應而哭，還是為現在自己迷失不已而哭。其實我以前並不信這個、信那個，但隨著折磨漸深，也已六神無主。我對不起「祂們」，也對不起自己。對不起這地球上任何人、神或鬼魂，可以了嗎？

消沉，以年為計。不知道如何治療，四處求醫未果，不知道身體怎麼會變這樣，不知道下一步該如何走，連好好坐著上廁所都無法的日子，實在很難保持長久的快樂，也欠缺人生計畫，心情總是起起伏伏的。通常在太難過、感到快撐不下去的時候，我就到台北的龍山寺去跟菩薩說說話。

先在案前跟菩薩說說心事，求一枝籤，然後坐在石梯子上，讓在家不敢流、在公司不敢流、在朋友面前不敢流的眼淚，全部一次哭完。年年月月永遠都抽到類似「閒居等待」「以免招禍」之意，在最是熱血沸騰、思緒正盛的青春年華，耐住性子潛心接受虛無，是有些為難。

看著向菩薩祈求祝福的人來人往，覺得這一生正如南島最炙熱、最高壓、最悶燥的三十七度夏天一樣長得永無止境，許多日常都如泡影一樣被蒸騰得搖晃，神明只能送一陣薰風以解人意，而清涼的雨，不知道何時才能下。

教我西班牙文和英文的阿嬤Cora，是從菲律賓來台的天主教傳教工作者。有陣子晚上我跟著她一同上教會裡的小組聚會，大家討論舊約聖經。我喜歡看聖經，新約、舊約都看，喜歡那些誓言和詩句，雖然其中有許多不合時宜的觀念，但我仍想這些人類與更高靈魂之間的約定，真的是很美。週末Cora帶我一起上教堂聽道，華貴卻又質樸的儀式，還有陽光透過彩繪花窗灑下來，非常漂亮。天父祢知道嗎？我不求上天堂，只想在人間好好活著。

其他許多山高水遠、暗巷濕弄間的小廟符水，就不贅述了，包括指稱我墮胎以致後面跟著嬰靈的宮廟，但我是真的沒懷孕過啊……（當時是想懷也不行耶）。最後一次和新的神明打交道，在二〇一六年的秋天。那是最低潮的日子。

在家人的勸說下，我搭乘飛機，前往一個熱帶國家進香，據說會有神明下凡來傾聽信眾的煩惱，為信眾消災解厄。山坡上的寺廟，是福建式的建築，聚集了滿滿香港來的信徒燒香、焚紙、默禱，台語、粵語穿插在空氣中，眾人點燃的燭光炫目，亮了一屋簷下灼灼其華。濃厚的線香味道密密實實地填塞了這個空間，每一寸縫隙都不放過，教人有些呼吸不過來。

夜裡月光白，燦爛如珍珠母貝，人聲、樂器聲交錯。時候一到，眾人紛傳，神明已降下人間。這是我第一次那麼靠近地觀看活人起乩，原本看起來平和的師傅，變得很暴躁，腳踩著禮制的步伐，弄劍、穿衣，接著在神壇前定下來，開始訓話。

因信眾太多太多了，擠滿了整個大堂，人人揮汗、動彈不得，結果這次只能求符、不開放問事情了！媽媽、阿姨們錯愕，那麼遙遠飛過來，就是想要問事情啊，怎麼辦呢？連忙趕快請一位熟識的女道士幫忙。那女道士跪在乩身旁邊細細地說了幾句話，接著便把我拉到神壇前，跪下。

女道士幫我和神明敘述我的名字、我腳的情況，神明突然以法器大力拍了一下桌子，大聲地喝斥：「妳不要胡思亂想，妳知道嗎？妳的靈魂已經遊到很遠、很遠的地方了，再這樣下去，妳會自殺啊！」霎時間，整個大廳的人都知道了我的念頭，眾人交頭接耳，認識的、不認識的。

那一夜，神明沒再跟我說別的，沒有提及腳的事情。我帶著神明給的符紙下山，回家。我想著，如果我的靈魂已經去了很遠、很遠的地方，那麼現下此身的我，容器裡裝的是什麼呢？屬於「我的」靈魂，也會因為「我的」不快樂，而離開「我」嗎？是不是努力快樂，靈魂就會回來？

看過了許多人，以及許多人說的神，以及許多人心中的鬼，我覺得，神明是不能改變人的命運的，只能慈悲地幫一個忙，借乘一個涼，見證一個願望。許下心願的我們，得靠自己做出選擇，靠自己保守內心的燭光。反倒是在辛苦的途中所遇見的人們，那一個在神明賜符後，笑瞇著眼睛、抓著我的手，欣喜安慰我「沒事了、沒事了」的女道士；總是為我在睡前禱告、擔憂我身體的白髮Cora阿嬤；看見我不適，想介紹我各種宗教的或醫療的門路，提攜我或教誨我的家人朋友、學姐、叔叔、阿姨甚至是陌生人，一路守護著我。

那群集起來的眾人的微笑，雖然我們是脆弱、愚昧的人類，也能付出不輸鬼神，甚至更加純潔、溫暖的善意，足以改變他人的命運。有時候，神也只是人；有時候，人可以是神。

伍 永夜的生活

二十七歲——二十九歲。

疲倦了。

以往豐富的內心，現在只被一件事情占據，心裡那片天空起先只是破了個孔，現在眼睛裡只看見黑色，此外什麼都沒有了，進入了永夜，即使努力保持鎮定，那些黑暗的念頭還是會溜進腦袋，邊鑽邊竄。

可是不想放棄對永晝的盼望。

愛是這樣

醫療代號　○三三—○三四

我成為被留下的這一個，
而家人是不斷向前的那一群。
明明我才二十幾歲，卻被迫提前體驗一個失能老人的心情。

二○一五年中到二○一六年，真真是荒唐的日子，我又看了三、四個醫生，四、五個醫生，數量不重要了，他們究竟是行醫者還是旁門左道我也不知道，醫療代號：○三二神經內科、○三三推拿、○三四中醫整脊，總之都沒有什麼意義，我可能上輩子有欠他們一點錢，這輩子拿門診費還回去給他們，就此兩清，不再糾纏。

荒蕪淡泊的日常生活如陶瓷，看著還算滋潤，然而傷人的話語一拳飛來，碎片濺得滿地都是，才讓人看清了現實的真貌——我身邊的人內心都好難熬。有一天晚上我和家人大吵，他罵：「妳就是因為不孝順，所以才會腳痛！」不偏不倚，一腳就踹在心最脆弱的地方。我哭到發抖，想著這句氣話誰說都可以，你每天看著我怎麼生活、怎麼不便，要說氣話也不能說這一句。

「妳最好不要結婚生小孩，免得以後妳的小孩跟妳一樣叛逆！」

「我是真的沒辦法生小孩。」

說完了，我躲進廁所，坐在馬桶上。說是坐著也不對，我伸長了腳，背靠在馬桶後方的牆上，我只能這樣「坐著」，這就是我盡最大努力可以完成的，最漂亮的「坐姿」。

廁所一直是我覺得最安全的地方，只有在這裡，沒人會不小心打擾，我在這裡仔細地、慢慢地觀察自己的腿，感受著身體的一靜一動，身體的舉動、身體的困窘，最真實的自己，無人打擾，無人看見。終究發現家人老了，他們有自己的舒適圈與認知，無法再被改變，甚至難以負荷現實，也不知道如何處置小孩這樣的情況。到底什麼是愛呢？我唯一還能做的，就是保持沉默。不要再對任何人事物做出反應，可是也開朗不起來，那麼我就保持沒有情緒。無論誠實是多好的事，還是有不能貫徹的時候，還是有不能說的話——這是為了能讓彼此繼續度過現有的日常，保護各自不想被別人知道的祕密和缺陷的一面。是啊，因為如果要讓大家舒服自在，最好就是我不存在。而家人也忍耐著他們的憤怒、痛苦與焦慮，默默守護了像沙灘上的貝殼一樣，把自己關起來的我，這樣子沒用的我。有時候吃著東西看著電視，會突然覺得自己好像大摳呆，呆呆的，只會吃飯。

長大以後，我的朋友們陸續放下自家長輩去闖蕩世界，讓家人成為守護自己基地的後盾；但生了病之後的我，情況卻是反過來了，我成為被留下的這一個，而家人是不斷向前的那一群。明明我才二十幾歲，卻被迫提前體驗一個失能老人的心情，而且我還是個老小孩，個性不夠成熟圓潤，既沒有守護大家的功能，反而持續消耗著眾人的能量。

有時候，我看家人心疼地照顧我，帶給我許多溫暖和情意；有時，則感覺到家人對於我的存在很無奈，甚至帶點怨氣和敵意，讓他們犧牲、操勞與被牽絆。長期處在這樣的環境中，我渴望被放逐，卻又害怕被放棄。正在經歷創傷的我，雖然看見的人物風景與大家相同，但感受到的氛圍卻不同；比如一樣是紅色的景致，從我的眼裡看出去，從熱情，逐漸變為了血腥。透過這個過程，除了重新認識自己，也會重新認識他人，看見人們因為被壓迫而露出新的面貌，我見識到人類的複雜性。

在生老病死裡，人的關係好複雜，在各種情境中切換著愛與恨的感覺。他生病的時候，我們一起在病房裡過夜。我生病的時候，感受到有溫暖的手在安撫我的身體。我復健失敗的時候，他罵我都是自己不努力。他發脾氣的時候，我讓他打。我半夜下班很餓的時候，他提前煮最好吃的湯麵給我吃。當我說想要輕生的時候，他說快點搬出去。從我還沒出生，他就開始擔心我會不會健康長大，餵我吃營養的東西。他比誰都還要喜歡我，不管怎樣都想幫助我，可是也很筋疲力盡，想留下我自己走掉吧。

每個人都是不一樣的靈魂，大家都只是誠實地過著自己的人生而已，不論是氣話或離去，誰都沒有錯，畢竟讓自己活下來對每個人來說都是最優先的事情。愛與恨之間，不只是黑與白，而是一大片各種顏色的地帶。那裡有藍色、有紅色、有灰色、有黃色、有綠色，交錯的、拼貼的、重疊的。有我討厭的，有我覺得安全的，有我喜歡的。而超越那些感覺的最後，是「我希望你過得好，你也是吧，希望看到我好起來」。那麼簡單的事情，愛到最後是這樣，僅此而已。

睡不著、活不好、死不了

過往想起自己，
看見的是一個健康、跑步、跳躍的女孩形像，
可是現在那個模樣在我的內心、在腦海中都不復見了。

二〇一六年我換了一份新工作，又因為上班路途遙遠疼痛不堪，回到了原本的公司。我飛到海外去面試了一份新工作，錄取了，可是考量無法一個人在陌生國度沒有復健治療，我沒有去報到。我到中部面試了一份主管職的新工作，錄取了，可是我怕，我怕我在這種身心狀況下，扛不住工作壓力。我很想走，雖然我總知道結局是什麼，但我依然去爭了過程。

這一年，週間上班的日子，我早上去辦公室前習慣買一杯咖啡。從前不喝咖

啡的，因為一喝就心悸，還容易拉肚子，但現在不能不喝，否則會沒精神，心跳過快總比想睡好，至少還能上班。我的睡眠狀況，好像也不能稱為失眠，若形容成「淺淺地打許多瞌睡」會比較貼切一點，因為我再也無法躺在床上了。

不管軟床、硬床，側躺、平躺我通通都做不到，在膝蓋下面墊了高高的枕頭，腿才能稍微不痛入睡，一、兩個小時後再因為腿過度僵硬而痛醒，醒一、兩個小時，腰永遠是為了撐住腿而僵硬著，我就換成趴著睡，然後過一個小時再因為呼吸不過來而驚醒，醒一、兩個小時。這是每一夜都要面對的，看到清晨的陽光是鬆了一口氣的，可是出了門又開始想睡，不過也是睡不著的。我不知道還能以什麼姿勢在這世界中安身，找不到舒服的那一種。

常常我在黑暗的房間中，夜裡睡不著，用耳機聽著艾怡良的歌：〈愛是這樣〉一遍又一遍。她緩緩地唱著：「帶我飛翔，今後我住在你心上，做你最甜蜜的牽掛，愛是這樣。」我在腦海裡想像著好幾年前，我大學畢業時幻想的家的模樣。我曾想努力賺錢養一個家、結婚、生兩個孩子，傍晚開門了，老公背著大背包回家，洗衣機哐啦運轉著，一家人一起坐在沙發上看電綜藝節目吃晚餐，油膩的餐盒沾滿肉汁，下面墊了超市的廣告紙，家中充滿了黃黃暖暖的燈光。當時我真的沒想到，如今我是這樣，愛是這樣。

我一步一步將自己嵌入醫療體系中，早就知道這是一條會讓人不自在的不歸路，但眼前只有這條。好幾年東奔西跑的就醫經驗，讓我一點一滴模糊了原本自己對身體的想像。過往想起自己，看見的是一個健康、跑步、跳躍的女孩形像，可是現在那個模樣在我的內心、在腦海中都不復見了。「我」正在改變當中，但卻是萎縮，而不是成長。我開始習於這個不方便的身體，對自己有了不同的認知。年少時原本以為自己會擁有跟別人一樣的生長曲線、生活樣貌，全瓦解了。小時候那一個帶頭玩鬧的女生，變得文靜且彆扭，我曉得自己時常皺眉。

除了身體痛著，也傷心。非常傷心，對於事與願違的生涯計畫，對於不能蹦蹦跳跳，對於我一再錯過、一再重新振作卻又非得放棄不可的生命經驗。每次發作就有一種「又來了」的煩躁感，鑽進我的身體裡，我不能發洩，也無法徹底解決，只能憑它經年累月地在心裡居住成群，就此養出一個負面的、持續的人生經驗，那就是我瞭解到，每當我滿懷期待地展開一件新事，好期待會開花結果，中途就會腳痛。我自知不是什麼硬漢，可也算是一個認真生活、嚴以律己的人，我可以忍耐一天、兩個禮拜、三個月還有更多，只要能忍、我就忍，可是最後忍耐也沒有用，腳會幫我判自己出局。

我在筆記本生氣地寫下：「別人看我好好的，可是他們不懂我多努力讓我出現在這世界上。」可以自暴自棄下去，可是過沒多久我又用力地畫掉這句話。我不想要自己徹底陷進這種憂鬱的邊緣，希望自己不要沉淪下去，拜託，不要這樣想。

生活潰散，像是風來一吹就四散的朵朵蒲公英，亂亂飛著飛往各個方向的遠方，在陰雨中逐漸散去，直至看不見、也抓不回來。希望遠離了我。這一年，除了愛以外，所有情緒都有了。過去對人生的一切種種「我知道」，我的價值觀人生觀，現在再也什麼都不知道了，不確定了。對人生充滿敬畏，不妄語。

風雨來臨的時候，你會在暴風圈的中心，還是在外頭呢？在暴風的中心裡，會感到安全乾爽，即使心痛也幸福得矯情。外面則是混沌無明。我跟你說，原來黑暗是言語不得的，因為你會被掐住喉嚨，扯不開聲音。

睡不著、活不好、死不了，好像小舅那樣，幸好他在前幾個禮拜過世，離開殘缺的肉身，是不是能比較舒適一些？也許過世不過世，好似沒有分別，因為他最後數十年的日子，都沉浸在如夢如幻的光陰裡。

小舅很年輕時去台北的工廠做過事，出車禍被撞之後才回鄉下，這一次還沒什麼事。等到要結婚的前一天，他又出了一場嚴重的車禍，傷到腦部，整個人從此再也不同了，婚也沒結成。他在家裡附近一間工廠做事，做不到十年，因為腦傷經常尿失禁，工廠差點也沒得做。為了勞保，外婆求工廠老闆幫幫忙，好不容易再多撐幾年。中年後，他就在家打發時間。最後，在安養院度過很長很長一段日子，有時還有醫院。

我對小舅沒什麼印象，接觸也很少，只有小時候過年回關廟的祖厝，總是只看見他在笑，很少聽他發表什麼言談。初二中午吃完團圓飯，他要不回房間睡，要不騎著摩托車出門溜達。他有高大的身材、寬壯的肩膀，與大舅舅一樣肉厚實在的五官，黝黑的皮膚，怎麼看都是很富足的相貌，卻總是不修邊幅，冬日裡也只靸著一雙拖鞋，步態蹣跚。

日子過得就像是從前那種薄薄的、米漿色的日曆紙一樣，一天過完，撕下一張，輕飄飄地、又廉價地沒什麼存在感，在外人眼中，這人生亦沒有什麼特殊的意思。

要說小舅犯了什麼滔天大罪嗎？其實不過就是騎車一個不小心，很多人都有過，然後剛好沒發生什麼意外，而他卻運氣非常、非常不好。這一生，他不偷、不搶、不傷害人，即使出車禍也是被傷和傷了自己，即使進了安養院，病痛纏身，多次進出醫院，惶惶終日，也是到後來在自己的世界裡活著，不打擾誰、亦再也不讓人打擾而已。

如果說生命的真理是，每個人誕生在這個世界上，都有一個注定的使命、都有一個命運牽引的目標，從小我們被教導，要努力功成名就，要造福人群，要影響別人，甚至是一輩子至少要做好一件功德圓滿的事，那麼小舅的意義會是什麼呢？即使我有問他，大概他也只會笑笑地不說話。我的意義會是什麼呢？你的意義又是什麼呢？

我去龍山寺抽籤問病，菩薩給我一枝籤：「清閒無事靜處坐，飢時吃飯困時臥，放下身心不用忙，必定不遭殃與禍。」解籤者說，意思就是要你什麼事情都別做，現在諸事不宜，如果硬要籌謀規劃，會惹禍上身的。能夠認命卻不消極，許是在世活著最難得的事。

我的最後一個希望

如果死亡可以像人生的其他過程一樣，
變得可以長，可以短，可以隆重，可以輕快，
並且甜甜的、優雅的，迎接眾人祝福，該有多好。

二〇一六年的九月，我準備辭去在台北四年的安穩工作，一個人再度回到許久無人居住的家鄉台南，嘗試最後一個民俗療法，最後一個希望。對工作內容勝任，跟同事相處愉快，朋友也都在台北，我卻選擇離開，逃離家裡，找個熟悉的地方逃得遠遠的，因為身心早已疲憊不堪，再強迫自己面對人群，怕會崩潰。明明不正常卻要裝作正常，是極大的壓力。我希望大家記得的，是自在、和善的我，而不是現在的我。好怕對人惡言相向，好怕笑不出來。

更怕的是，自己會再拖累任何人，這心情比什麼都難以釋懷。我知道該怎麼做，是人們所說通往幸福快樂的途徑。首先要當一個健康的人，要喜歡自己，處理好自己的負面情緒，始有資格去跟別人相處。我知道、我知道、我都知道。可是對不起、對不起、對不起大家。我不是一個健康的人，我無法喜歡這樣的自己，我常常覺得好痛，我有好多自己消化不完的負面情緒，我唯一能想得到的生活方式，只有躲起來，不再打擾任何人。

我又回到十七歲那一個夕陽西下的房間。不同的是，這次是完全獨自一人，夕陽已完全落下了，並且天上的黑幕裡沒有可見的星星或月亮。

九月天氣還很炎熱，台南日頭正盛，我每天從東門城出發，行經公園路，往來台南市與麻豆之間，整個白天只喝得下一杯涼紅茶，似遊魂。鄉間車輛稀少，路人也稀少，一大片長而無盡的淺灰色柏油路像反光鏡，亮得叫人無法睜開眼睛，一直視就暈晃晃的，好像我已不在人間，而是身在白光轟然罩頂的天堂景象。吃不下東西，除了因為天氣燙熱，更多是恐懼。

這位台南的民俗療法師傅其實是一位無牌的出家人，就是坊間流傳的徒手整脊整骨，還帶了一點宗教色彩。所謂診間，就在鄉下的一棟鐵皮屋裡，每次治療就像活生生要被拆骨一樣，有個助手架著你不動，師傅奮力把腳拆向他想要的方向，可是腳卻不為所動，身體只是一次一次承受著劇痛。我永遠無法形容那種感覺，就像被人狠狠扯開肢體一樣。四面有人盯著你看，有師傅，有客人，偶爾還有媽媽，要你忍耐。

可是我忍了十年，還要忍到什麼時候，才可以看到盡頭？每回拉開鐵門之前，我都要在附近一條田邊小路來回踱步許久，說服自己，不要怕、不要怕。盯著地上被曬得四分五裂的乾土，日頭強力鑿開一道又一道傷痕，整片田都被嚇得荒蕪。是不是，再也不能回去以往滋潤的樣子了？

每天早上、下午我去敲鐵皮屋的門，中午附近只有一間便利商店可以待，吹吹冷氣，看完一份報紙，再看看荒涼的馬路和零星上門的客人。有時不想進超商，我開了小窗，窩在車上讀書，被籠罩在一團熱氣裡，感覺像擁抱，會比較不那麼空虛。

一個人在無人熟識的陌生鄉下，可以任憑汗流，自暴自棄，像是要把自己逼到絕境，因為我再也無法像過去幾年，還有力氣假裝自己是個充滿前景、生活甜美的年輕人。我真的盡力了。

腳的情況已糟到最最谷底，這十年來承受的各種壓力與打擊，來自身體、家人、前途、經濟、愛情、友情……種種情緒再也排解不掉，我只想承認「好累了也輸了」，只想很淡、很淡地打發掉時間，吃飯、睡覺、醒著，更希望整個人最好可以就此淡掉，然後消失在空氣中。可是腳疼痛、心疼痛的重量卻這麼地沉，拉著我下墜。

我飛不起來。

我在車上看完一本叫做《永遠的〇》的書，描寫二次大戰被困在戰爭之中，身體和靈魂皆不由己的日本空軍敢死隊員。一個一個年輕人，將肉身附著在炸彈上，不合理地承受著龐大重力，被投擲向美軍航母，他們猛烈飛著，在還沒有造成任何衝擊前，突然被敵軍攔截炸死，連人生最後的一點意義都沒有了。空中一小片、一小片的光影都死去，像滿樹的花紛紛凋謝了一樣。

如果死亡像花謝那樣，真是一種幸福。可惜有些久病沒有那麼輕易讓你死，沒有那麼快速俐落，也不會有人為你寫書。一點美感也沒有。你被綁在不定時炸彈上，不合理地承受著龐大重力，你知道自己被投擲向地獄，但不准瞬間死亡，你要流著汗、流著淚、流著赤紅的血，忍耐三年、五年、十年、十五年，才得以解脫。

重大疾病、失智、精障或癱瘓的病患生活，也許有笑與暖，但有更多足以讓人精神狀況崩裂的痛苦時光，不論對患者或親屬來說，都是長期的身心霸凌，那種日子，生活也潰散一地，不成「生活」。

我們終歸一死，並不會因為做了什麼努力，就能永遠以自己喜歡的樣子活著。如果死亡可以像人生的其他過程一樣，變得可以長，可以短，可以隆重，可以輕快，並且甜甜的、優雅的，迎接眾人祝福，該有多好。如果我們可以給予彼此一個好好死去的權利，卻不願意給，那人類好狠毒，讓生命的結尾白白在折磨中度過，毫無意義地承受了許多不必要的苦楚。

往來三個月後，腿的角度稍有一點點進步。我詢問師傅：「我會好嗎？」慈悲的他說，他盡力了，但只能這樣：「妳沒辦法再恢復正常。」到我死的那一天，都沒有辦法再恢復正常。那一天午後，台南下了一場激動的暴雨，我一邊開車，一邊大哭，然後，再也無法克制地大罵老天爺：「祢怎麼可以這樣對我？我到底做錯了什麼，祢怎麼可以這樣對我？我要怎麼工作、要怎麼結婚生小孩、要怎麼活著？祢怎麼可以這樣對我？」

暴雨衝擊著車窗，像炸彈一樣墜下來，前方沒有路，我該怎麼辦？我不想這樣活著。我可不可以不要這樣活下來？

後來，我曾嘗試墜落。

他們為病人澆水的方式

讓我在「正常的世界」裡多待一會兒。
越自然、越無厘頭，就越好。

日記上只有兩行字。

十月二十三日，今天我又想自殺了，陷入憂愁之中，腿時好時壞，全身緊張、僵直、動彈不得。

十月二十四日，今天我沒有到師傅那邊了，我去了一個新的地方。

現在你正在做什麼，是一個什麼模樣的大人呢？從二十歲開始到三十歲，快要而立之年了，你去過哪些地方，如今又抵達了哪個遠方，現在的你過得好嗎？

我啊，我無計可施了，只想逃跑去很遠的地方，什麼都別做，可是我跑不動，再也無法恢復正常生活，一生無法結婚、做愛、生子，甚至只是盤個腿坐地、或冷了想抱膝取暖，都做不到，一切都回不去十七歲前那個活蹦亂跳的我。

最終要面對的，總是與信念的奮戰。每到白天的時候，我很努力當一個幸福的人。醒來睜開眼睛，梳洗，開始例行的復健、運動，有空時去逛菜市場，另外還兼當小朋友的課輔志工。為了打發時間而自己做晚飯、花整個下午煮果醬，做這些事情的時候，空氣中確實有點甜甜的滋味，我試著在平淡的生活中發掘興味。社會上說，年輕就該為自己的將來打拚、闖蕩四方，而我只能說服自己，我的時間還在繼續走，前途還在前方，並不是被世界遺棄了吧。

但是夜晚的時候，我又記起自己是一個無光的人。我經常會在半夜醒來，不，正確地說，是在半夜把燈打開，因為從未真正地睡去，怎麼會有清醒。不管白天有多累，我都痛得睡不著，於是就在開了燈以後，滑手機上網找綜藝節目的影片來看，一集、一集地看，甚至是重複看過的，再看一次、兩次，讓空氣中充滿別人的對話，和自己的笑聲，以安慰前一天可能完全沒有說出任何一句話的自己，這麼一來才會覺得自己正常許多。平淡到無以依託的日子不可怕，怕的是這並非人們所說的「中途休息」，而是永永遠遠。

生活中少數可以安慰我，還能讓我笑出來的，就是綜藝節目了。子夜時分的我，是因為有它才感受到活著，那就是我的精神寄託，是救命恩人。種種設計好的關卡、效果後製和藝人反應，一個人心情再怎麼不好，看到綜藝節目爆笑的橋段，當下也會不爭氣地笑出來，像是悲劇總得用笑聲來演繹。它的極端熱鬧，彌補了我的極端沉寂；它的誇張歡樂，短暫地平衡了我的眼淚。

每天晚上，我都在固定的時間躺上床，以求規律睡眠，閉眼、翻身、裝睡不知道過了多久，再無奈地起床開燈，用綜藝節目的影片熬著自己，藉此打發掉過去一天不能對宇宙萬物訴說的負面情緒。直到天微微地亮了，鳥群嘰喳的聲音像填滿窗框並溢出來一樣，驅走房間裡的沉默，我又成為一個幸福的人，我才能放鬆一些。我喜歡太陽，我喜歡破曉的早晨，街道上的建築物、樹木、花朵和汽車全都閃著盈盈的亮光，好像萬物正興奮地微微顫抖著，充滿朝氣的一切，它們帶給我安全感。即使是在永夜之中，也不想失去對永晝的盼望，可是很難。

日記上那不好的念頭，在腦中縈縈繞繞時，突然X在通訊軟體的群組裡傳了一個沒頭沒腦的訊息，把我拉回現實：「我們一起經營一個粉絲專頁來玩！」

我想著，「好吧，又有事情可以做了，那晚一點再想死的事情。」現在可以不用再想。其實我心中是有一點點的僥倖的。

「這個好可愛喔！」他看我有回應，馬上再傳了某位藝人的小孩搞笑影片到群組裡，我邊嚼早餐邊和他們討論著網紅的話題。

「我也想要這種女兒，每天吃喝玩樂唱歌跳舞就好。」

「我以後小孩去學做麵包就好。」

「不要給我愛念書！當網紅小孩！」

「我媽覺得我好像比同年的小朋友胖，曾經把我的飯量減少，我就說：妳要把我餓死喔！我要告妳虐待兒童！好像四、五歲的時候。」

「我生錯年代，晚點我應該就紅了啦。」

叮叮咚咚，手機傳來的訊息聲響個不停。有人曾經問過我，到底要怎麼跟脆弱又難搞的玻璃心病人說話呢？其中並沒有什麼訣竅，就像這樣的對話就好。

我的大學同學X和Y與我有個三人的通訊軟體群組，平常我們會在裡面分享整天的生活，像是早餐、工作、家人、社會議題、感情生活、八卦、晚餐、心事，用無厘頭和天馬行空的廢話，擺平現實的殘酷，這些廢話是最療癒我這邊緣病人的話題。畢業之後這麼多年來，我們除了實體聚會，都在裡頭天天說話，聊生活瑣事，聊快樂的事，聊難堪的事，聊生活的一切，就這樣互相扶持走到現在。

很多年前，我跟X吵過一次架。有次我跟他說生病的心事，他不停地開導和說服我，結果我卻生氣了，覺得一點也不被瞭解，和他冷戰好幾天。最後我們和好的時候，他說了一句讓我非常難忘的話，他說：「不論如何，都只是希望妳開心。」之後我們作為好朋友，再也沒有吵過或者貌合神離過，沒有疏離過，沒有漸漸地毫無交集過，這對一個邊緣病人來說，實在是不幸中的幸運。他們看著我這一路走來，走到現在，早就知道如今多說什麼安慰和轉念的話也無益，就憑藉著默契，他們一人每天稀鬆平常地說笑，一人在我低落時敞開心懷傾聽，維持住我的生活感。通過這種「正常」的陪伴，讓我在「正常的世界」裡多待一會兒。

越自然、越無厘頭，就越好。畢竟要維持情緒上的能量守恆，我哭得多，就也得笑回來，不管是因為什麼樣的理由而笑。

他們就像高中時期的M一樣，「只要還有人陪就可以了，就算只有一個也好，就是不要剩下我自己。」只是這一次陪伴的時光更漫長更艱辛。在世界上所有人都不在我身邊的時候，他們是我最後仍在對話的對象。在封閉的日子裡，讓我還能從牆壁縫隙中伸出一枝綠綠的莖來，感受著外頭的陽光空氣，讓他們幫我澆澆水。若沒有他們，我早已灰飛煙滅。

宗教加持的診所

醫療代號　〇三五—〇三六

「安全的痛」不會讓人受到二度傷害，反而會讓人更加強壯。

我找了兩家合法立案的物理治療所，醫療代號：〇三五、〇三六，打電話掛號預約。其實我也不知道自己為什麼還繼續下去，沒有放棄治療。繼續尋求新的治療，也許僅僅只是為了要活下去吧，維持一種「我仍在好好生活的感覺」，就像有些老人家沒病，可是依然在每個白天去大醫院掛號候診那樣。〇三五生意不錯，檢查手法也中規中矩，不過他的結論又是無法幫忙，剩下另外一間〇三六。因為我不知道睡醒之後可以做什麼，可以去哪裡，所以我就出門去找他。

除了看醫生、做復健以外，我不知道自己還能做什麼？無處可去，只剩下這件事情了，至少人生中還有一個目標帶來虛幻的希望，幻想著有一天我會變好。如果想得再深入一點，就會發現這情境也是挺可悲的，我唯一能做的事情與去處，就是去實踐一個虛幻的妄想，但是在無光的日子裡，要切記凡事都別深究，就讓念頭過去。我呆坐在塑膠椅上，擦了眼淚，壓一壓眼睛，再深呼吸幾口氣、好讓鼻子不那麼紅，然後戴上一張正常的臉色、換上正常的聲音，等著治療師叫我上樓。

〇三六是個有著貓熊般瞇瞇眼的壯碩男子，第一回見面，我照例把一疊病歷和X光片遞上去，他接過之後所做的第一件事情卻是直接把那疊資料夾放在旁邊，說：「我不看這個。」後來我才慢慢知道，〇三六的理論宗旨為：「疼痛是認知，不是事實。」根據他的說法，是恐懼和不安抓住我，治療太久了，腿有任何風吹草動，我都像是要發瘋一樣綳住自己。不管三七二十一，先綳住自己。

他像是傳教一般跟我推廣這個理念，痛是必然的、發炎是好事，「安全的痛」不會讓人受到二度傷害，反而會讓人更加強壯。第一次見面，我用他的方式先練習坐下、站立、彎腰，做完確實舒服不少。臨走前他才看了今早我剛照的X光片說：「其實我看只有軟骨磨一點點，是妳什麼都怕了。可是害怕不能讓妳好起來。」他的意思是，唯有在安全的範圍內多活動，就能恢復功能。我決定先天天去那邊報到，在那裡練習「安全的痛」。

每天我到〇三六那邊四到六個小時，就是練習坐下、站立、彎腰，偶爾他得空時會幫我用電療儀放鬆肌肉。我在這裡戴著正常人的面具說話，練習動作的時候還會自己播流行歌來聽，〇三六有次說：「感覺妳很能調適。」這是一個讓我逃避一切的空間，不是說這裡有什麼魔力，只是因為它收容了我，一個沒有地方可以去的我。

無人察覺我的情緒，而我倒是察覺了一樓門口那幅大大的、紫色的書法，我心裡有點不安，這個空間，是不是其實並不適合我？我想著，不曉得哪一天他會自己開口。過一個禮拜之後，〇三六讓我練習紅繩運動，過程中他一直說服我放鬆，可是我的肌肉狀況依然不太好，角度沒有任何進展。這次治療結束之後，他神祕兮兮地對我說：「我有一段錄音，給妳聽，試試看反應好不好？」

「什麼東西？」

「有一個師傅在講道的錄音。」

儘管我馬上回絕，他還是傳給我一段紫衣人的演講。又來了！為什麼我總碰到這些怪力亂神的事，我難過地想著，看來這裡也不能久待了。

在做紅繩運動的時候，我跟〇三六說：「其實我真的覺得，腿有不能動的感覺。」

「是妳太怕了。」

「我不知道究竟是我害怕去動，還是我的關節真的就是不能動。」

「什麼意思？」

「像是，我想試試看在麻醉的無意識狀況下檢查，看看腿是不是真的不能彎？」

「可是妳二〇一五年開刀的時候，醫生不是說麻醉下可以全彎嗎？」

「可是我還想試試看。」

「不然我介紹妳一個醫生，是我的學長，他很願意嘗試新東西，也許他可以幫忙。」

「好啊，可以麻煩你幫我跟他提一下嗎？我再去掛號。」

陸 醫者如是

二十九歲。

醫者來到我的身邊，他說：妳要自己去看見自己的力量，和摸索自己的改變，那些東西不是來自於外界。

我想代替台灣醫療跟妳說聲對不起

我躲在車上哭了一會兒，
為自己過去如此努力卻被辜負的心情，流下眼淚。

我不曉得，人生的路究竟是自己走出來的，還是被某種神祕力量所安排好的。我只知道，要對抗一切來自親友、醫療、社會眼光的權威和不信任，我所能憑的只是愚勇，還有一點直覺。呈現出來的結果，雖然是越來越糟，可是我不曾後悔過。因為我每每回想，都確定自己無法在當下的時空，做出更好的選擇、更盡力的事。

人生真的會有「更好的選擇」嗎？

兩個禮拜前新預約的這間物理治療所，看診日期終於到了，二〇一六年十一月三日。這間物理治療所和我家位在同一條街上，只要走路兩分鐘就到了。當然，對我來說，大概要走十分鐘。我走上騎樓的水泥斜坡，踏進這一方小空間，是想像中一間治療所會有的樣子，一個櫃檯、長廊、診療室，還有門邊的一個綠色盆栽，全部的事物看起來都很乾淨，包括櫃檯那位女治療師的笑容。她引我走進診療室，一位男子迎上來。這就是我的物理治療師。

他看起來也很乾淨，儀容整潔，穿著POLO衫和西裝長褲，沒有一點苟且、窘迫的樣子，像是每天出門前都經過了某種儀式洗禮，臉上掛著「今天又是嶄新的一天」的神情來上班。

我也有我的儀式，那便是初次見面時將我的一疊歷史遞上前去，眼睛看著前方白牆壁，準備好接下來一輪問答轟炸。我常恨不得自己把病史錄音下來，播出即可。

「謝謝妳提供，我需要一點時間來閱讀這些資料。今天第一次見面，我們先來看看妳好嗎？」

我在心裡想，這可能是一位說話經過訓練的治療師，他在上班前必然準備好了自己，甚至練習過該如何與患者交談，而不是那種憑著自己當天的興致或原始性格，把患者當作巷口早餐店阿姨一般來交陪的醫療人員。我感受到，他正在觀察著我的一舉一動與神色，醫療行為已然開始。

他請我坐在床沿，小心翼翼地開始閱讀我的身體。他的動作很輕柔，沒有一點不舒服，不像過往的治療檢查那樣勉強，這是一種有人在給予我尊重的感覺。檢查完後，他的臉色看起來比較沉一些：「我要等看過資料之後才比較確定，」他的聲音聽起來很保守，「但是，我覺得最好的狀況可能可以到九十度。」我點點頭。

「希望妳的身體可以給妳超過於此的回饋。」

他教我三個動作回家練習，都是些嬰兒爬行般的簡單動作。儘管如此，我都做不太到，只能稍微像樣。越是簡單的動作，越是無聊，需要莫大的耐心去練習。這一點我在過去數年的物理治療生涯中，已略有心得。臨走之前他對我說：「現在是髖關節和肌肉該放鬆的時候了，過去太辛苦了，要常常對它們說正面的話、鼓勵它們別太用力。」我踏出門時，他仍再強調一次：「不要太用力。」

只有他一個人，曉得我很用力、用力去使喚這些骨肉。我躲在車上哭了一會兒，為自己過去如此努力卻被辜負的心情，流下眼淚。他說，最好可能可以到九十度，其實我聽得出來這是安慰之言，但我還是為自己擠出了一點點繼續努力的理由，日記上開始出現的新句子是：「我想人真的要學會接受缺陷，即使修補後的樣子不如剛開始的完好，但盡力做到堪用，就值得努力。」我還不太確定這個物理治療師能對我的身體起到什麼作用，但我覺得他似乎是一個可以信賴的人。下次回診時，我更加確定了自己未看走眼。

在開始治療之前，他嚴肅、認真地對我說：「我想代替台灣醫療跟妳說聲，對不起。」我非常意外聽到這樣的話，也很訝異這句簡單的話，起了很大的安撫作用。我先是害羞地、窘迫地笑，我心裡拚命地想：「沒那麼嚴重啦、沒那麼嚴重啦。」可是隨之而來的是流淚，他抽了一些衛生紙給我。僅僅只是一句話，悲傷就稍微被鬆動了一些。

只有他一個人，真正曉得我十餘年的折騰，不知道在哪一段落被誤了事，哪一段落又加重傷害，切切割割、拉拉扯扯，從原本一剛開始的關節發炎，十餘年折騰下來，最後竟成為一隻不能動、裝飾用的腿。我們討論了一些過往的病史，和其他醫師的處理方式，確實有些不應該發生的事情在其中，但已發生的也無可挽回，只能務實地做現在能做的。

治療過程中，他在鬆動關節時，我還是非常抗拒，大腿內側有條感覺一放鬆便會疼痛的筋肉。這次他新教了幾個動作，也是非常簡單的平躺、坐好、嘗試蹲下，搭配一點局部肌肉的用力和放鬆。平躺、坐好、蹲下，這些普通人再平常不過、甚至完全不會意識到的動作，我搭配彈力帶一一練習著。我一向急躁、敏感、腦袋靜不下來，最近還發現自己有莫名憋氣的習慣，身體的肌肉大約只是呈現和表演了我的心靈吧。

我們能努力的有限

每一隻我不喜歡的手，不喜歡的氛圍，
都使我在皮膚上多長出了一層隱形的、礦物質地的紋理，
因為不能逃避，卻又渴望保護自己。

昏暗的傍晚雨夜中，我按了電鈴，看著治療師連忙起身打開玻璃門，微微地笑著迎接我：「哈囉，進來吧。」我換好拖鞋，跟他一起進入診療室，坐在他斜前方的黃色塑膠椅子上，如同前兩次。

「這幾天回家做運動，感覺如何？」

「可能時間太短，還看不太到明顯的感覺。」

「運動上有沒有什麼問題？」

「都還可以完成。」

「目前回台南，除了看醫生、復健，還有其他行程嗎？」

「還有在兼職，可以在家做。」

「心情都還好嗎？」

「還好。」

我的聲音悶悶的，提不起勁回答他的問題。這一次來看診，我的心情處在較低落的時候，我並不是可以時刻在外人面前保持高昂的情緒的，有時會疲倦到無法掩飾自己。他接著詢問我，平常如果難過時，自己有沒有讓心情好一點的方法？得到答案之後，他在筆電裡的病況紀錄表一字一字key入：Her habit: sleep. Empty herself: watch TV.（她的興趣是睡覺。她放空的方式是看電視。）

求醫那麼多年，見過那麼多陌生人，每一隻我不喜歡的手，不喜歡的氛圍，都使我在皮膚上多長出了一層隱形的、礦物質地的紋理，因為不能逃避，卻又渴望保護自己。現在每天都會起床，但在躺回床上之前沒有什麼想做或要做的事，人生的荒蕪是如此模樣，我累積多年而成就的紋理脈絡，層層疊疊，最終將我壓成了一粒石頭。

坐在床沿檢查完腿的活動角度之後，我躺在診療床上，他如往常開始幫我推鬆關節，並試圖瞭解我更多。他似乎想透過一些日常生活的蛛絲馬跡，來評估我的治療動機和活動現狀。他斷斷續續問了許多問題，我時而沉默、時而敷衍著。

「妳回台南都怎麼處理三餐呀？」

「妳平常兼差的工作內容是什麼呢？」

「有打算什麼時候之前要回台北上班嗎？還是想留在台南呢？」

「一到十分，一分是最低，十分是最高，妳覺得現在的生活大概有幾分呢？」

今天他說了很多話，繞來繞去，最後我才聽到了關鍵句：「它好像不太好，」還沒有說完，我就打斷了他，輕聲地、悶悶地、艱難地、沒有禮貌地吐出幾個字：「你可不可以不要講那麼多話？」你們這些醫療人員，閉嘴了好嗎？我在心裡對所有我曾看過的那些面孔喊著。我隱約感覺，他也對我開始沒有信心，跟其他人一樣，他也沒有把握可以搞定我這個患者了嗎？

幾天之後的回診，我坐在黃色塑膠椅子上，他起身去外面為我倒一杯水。我瞥眼看見上回的紀錄表，最後有一行別於其他黑色字體的紅字，還用特大號字體標注：Did not want me to talk too much.（不要跟她說太多話。）我覺得對他有些抱歉，當時我是真的不想回答那些問題，我這幾年回答那些問題回答得好膩，可是又不知道該如何是好。

「對不起，上次最後好像對你有點凶。那時我覺得很心煩，抱歉。」

「喔，我真的有點嚇到耶，沒關係。」他大笑了一下，接著緩緩地說：「我覺得，髖關節的狀況真的不太好。」

「我知道。」

「可以說說，妳對自己關節的期待值嗎？比方說，最低的要求是什麼？」

「我只是想要可以好好走路、好好坐著、好好睡覺。我好想要抱膝，我常常覺得腰很緊繃。我想要走去買早餐的時候，就可以走過去。過紅綠燈的時候，不用害怕。想要跟別人一樣，可以過正常的生活。」我一口氣，對他說出全部的心願，可是他不是神燈精靈。

「我需要先誠實告訴妳，我們能努力的，有限。」

我相信妳真的盡力了

醫療代號 〇三七

我把頭探出床外，看到微笑的他站在床沿，輕快地説著：「我相信妳是真的盡力了，妳一定會比現在好。」

接踵而至的這個禮拜有點不一樣，有另外一件醫療事並行著。我依照〇三六的話去掛了他學長的診，醫療代號〇三七。這位〇三七醫師所在的大醫院，我再熟悉不過了，這間就是醫療代號〇〇二，涵蓋許多我十七歲時看過的不同科別醫師。這是大型醫學教學中心，育人無數，雄偉無比，好幾棟醫療大樓林立，霸據城市一方。〇三七是年輕有為的醫生，還處在比較願意為患者多多探究不同方案的職涯階段。

在我去〇三七那兒看診之前，〇三六又對我重申了一次：「我真的覺得，妳是害怕疼痛，妳的關節沒有問題。妳相不相信麻醉下，妳的膝蓋絕對可以貼到胸口？」〇三七看起來頗親切，也仔細問診，流覽我所有的病歷和X光片，並在診間做了簡單的關節活動度檢查。

「我學弟說，妳想去麻醉，看看關節的角度？」

「對。不管我再怎麼用力，我真的覺得關節沒辦法動。」

「我的看法是，妳比較偏向害怕疼痛。妳看，軟骨是有些磨損，可是關節活動度應該沒那麼嚴重耶。」他指著X光片上的線條和形狀。

「所以，我們可以試試看嗎？」那些線條和形狀我再熟悉不過了，閉著眼也能畫出我的X光片。

「好，可以試試看。」然而，他依然加重語氣地再說一次：「但我真的覺得，妳的關節可以動。」

他們這些醫療權威都言之鑿鑿地說我沒病，我開始懷疑是不是自己有點瘋，會不會這幾年求神問醫，明明沒病，到最後真的妄想自己有病了。我躺在診療床上跟物理治療師說明，兩週後我排定去醫院做麻醉下的受動檢查，醫生會利用刀跟刀之間的空檔幫我檢查，入院名目則是髖關節受動術。

他一貫溫柔語氣，不帶任何先入為主想法，先問我：「妳覺得這個檢查，如何呢？」

「我很高興有這個機會。」

他一邊用手推動我的腳，一邊問：「妳有想過，檢查結果可能會是怎樣嗎？」

「我不知道。可是我每次在做動作的時候，真的都覺得很卡、很刺。我覺得我要用好多好多力氣，可是都不是對的關節、對的肌肉在作用，我也不覺得我有那麼怕痛啊。」

「這幾次檢查下來，我的判斷是，妳的關節已經卡死了，都是骨頭碰骨頭，中間沒有東西可以緩衝。」他將我的右腿往上推，膝蓋彎曲了一下，很快地停在離地面夾角只有十五度的地方。「到這裡，就上不去了。」

「真的嗎？」以訕笑掩飾不安，我怯懦地問他，希望獲得肯定。

「現在我們需要來談談妳的想法。」

「什麼想法？」

「妳願意嘗試哪些方法，去幫助妳的髖關節呢？或者用妳的說法，好起來。」

「當然是任何方法，什麼都可以。」

「像是……？」

我隨口說了：「像是如果開刀換關節會好，我願意啊。」

他突然像是鬆了好大一口氣，瞪大眼睛：「所以妳不排斥換人工髖關節嗎？」

「不排斥啊。」

「吼！我之前好擔心喔，壓力超大的，看到妳哭成那樣。」他裝出很扭曲的表情，可能因為鬆懈下來，還切換成台語模式：「我都想說害啊！袂安哪辦？」

我喜歡這樣的誠實以待。

「我保證妳一定可以再好好走路。」

「什麼意思？」我驚訝他竟然會這麼說，畢竟這幾次治療下來，感覺他已對我沒有什麼信心，好像治療得很辛苦，想不到此時此刻我竟然獲得了這樣的回答。

「只要妳換髖關節，可以回到以前的樣子，右腳甚至說不定還可以比妳左腳的活動角度還好。」總覺得他的眉頭都開了，在心裡露出以前沒有的笑容，「我之前一直很擔心妳不想換人工關節，可是我認為是必須得換的，而且換完之後會好很多的。可是我不知道怎麼跟妳開口，怕妳無法接受。」

「原來是這樣。」我恍然大悟他為何時常對我擺出沉重的表情。

「妳如果怕痛，怎麼還會到處去做那麼多治療呢？」

我把頭探出床外，看到微笑的他站在床沿，輕快地說著：「我相信妳是真的盡力了，妳一定會比現在好。」

我要確定妳的心準備好了

是因為被好好對待了，
一個消極的人才有動力去面對自己的重症，
或者說，面對自己的人生並抉擇下一條路。

我給治療師看〇三七傳給我的關節受動檢查影片。影片裡的我平躺在手術床上，麻醉後一點意識也沒有，周圍有幾個同樣穿手術袍的醫療人員，〇三七將我的腳板抬起，開始往胸口方向推過去，一下子便傳來他的聲音：「到這裡，上不去了。」

〇三七又試了幾次，很快就推不上去：「確定，就到這裡。」影片中傳來窸窸窣窣的聲音，「怎麼會這麼嚴重？」畫面倒向水平，結束了。

我看著影片，有點悵然不安，因為這確定了我現在的最佳解是人工髖關節置換手術，只靠物理治療、自己復健是沒辦法恢復的，我必須要跟我身體的一部分永遠告別；但我也有點開心，因為這終於證明了我對自己身體的感覺是正確的。至於治療師，他的反應則是有點得意：「還好沒有判斷錯誤，不然我看我還是診所收一收，滾回澳洲去算了。」

他是大型醫療體系，或者說健保制度下的脫北者。物理治療系本科出身，以前的他曾在大型醫院當小螺絲釘，一個每天個案接不完的物理治療師。接到醫生開的order，就在各個病房內奔忙，還沒來得及好好照護和觀察病人，就又得到下一個病房去教動作，停留時間總是那麼短暫。他成為診療單上的一行字，整個人化作一道程序，高價值的「治療病人」時間在健保體制下被轉換成低價值的「看病人」時間，連患者的身體都還沒來得及好好摸透，更何況關注患者接受治療與痊癒復健的動機。在健保體制下，物理治療師、諮商心理師等專業醫事人員都只是醫生診療單上的一行字，衝量、衝績效，不然就約聘、縮減，有時候他們甚至連一行字也不配，醫生乾脆把茫然無措的患者往社工那裡推去。培養了為數眾多的治療師，又將他們虛位以待。醫者。健保。有就很好了。醫院是治病的地方、不是治人的地方。不然你想怎麼樣？這也許是整個醫療結構心裡想說但礙於政治正確不能說出口的話。

「我就是為了想學怎麼好好對待病人，才去澳洲念書的。」是因為被好好對待了，一個消極的人才有動力去面對自己的重症，或者說，面對自己的人生並抉擇下一條路。醫師的手術是很重要的技術工具，但在人生的面前，在漫長時光的面前，一項手術不足以完全治癒一個人。前提是，如果我們的醫療體系是為了治癒而存在。

為了人工髖關節置換的手術，治療師開始讓我自己去找喜歡的醫生，我上網做功課、找病友、比較材質、掛號看診，最終確定了要回到〇一五醫生那裡動刀，手術日期已定，簽好手術同意書，一切看似很順利。

「最近肌肉狀況怎麼樣？有比較不緊繃的感覺嗎？」

「有，我覺得……比較可以掌控自己的身體。」

「最近睡眠狀況怎麼樣？」

「有比較好了，比較可以好好躺在床上。」

「這樣很好。好的睡眠是很重要的，因為一無法好好睡覺，妳會很焦慮，身體又會緊繃起來，心情也會受到影響，我們希望要避免這樣的情況發生。」他邊盯著筆電中的病況紀錄，一邊問：「期待手術嗎？」

「當然啊。」我感覺自己最近心情都滿好的吧，我微笑著回覆他，抿著嘴。

他突然轉頭看我：「妳對手術之後的生活，有什麼想像嗎？」

「不知道耶，就復健吧，希望可以好好走路。」

「那……如果一切沒有如妳所想的呢？」

我很意外，他會這麼直接地問出這個彷彿禁忌的問題，我沉默思考著。他再補充一句，很慢、很輕柔地說：「回想過去身體接受過那麼多治療，那這次治療，妳覺得會不一樣嗎？」

我們沉默了許久之後，突然有淚水從我的眼睛裡滿了出來，喉嚨裡像是有個小氣球爆裂開來，我難以壓抑住自己嗚咽的聲音，一字一字慢慢喘氣，念出我腦袋中那個想法：「我總覺得，我覺得老天爺是故意的，讓我不能好起來……」

他靜靜地看著我流淚，再轉成大哭，「一直都沒有好！我努力去做了那麼多治療，看了那麼多人，那麼多年，我都是失敗的！」我抽了幾張桌上的衛生紙，趕快壓住眼睛：「我真的很害怕，那種感覺，就好像是，這個宇宙是故意不讓我好起來的。我一定不會好起來。」

我拚命哭，像是要把害怕全部都哭完，像是哭完就可以沒有害怕了。後來，我看見他的眼睛也紅紅的，他陪著我掉眼淚。

「其實我很害怕，因為，手術，這是我最後一個方法。如果連這個方法都沒有用，我真的不曉得該怎麼面對……」此時此刻，要如何相信宇宙仍然是愛我的呢？我對它只有滿滿的不信任感。

下一次治療的時候，他拿出一面長鏡。

「這個鏡子要幹嘛？」

「妳也可以去買一個，回家練習喔。」

他把長鏡直立在我的兩腿之間，鏡面對著我的左腳，那是還完好的一側。有點驚喜的事情正在發生，他帶領我動動腳，看看鏡子裡面，出現了什麼事情。我看著鏡中的腳，擺動的時候，竟一點痛感也沒有，一點勉強的感覺也沒有，好奇怪啊，大腦一時間還無法接受！我轉頭開心地看他：「我好像，有一雙正常的腳。」

「妳看，這是它原本的樣子，也是它即將要變成的樣子。」

我那已無法動彈分毫的右腳，現在一點也不勉強地在活動了，我不用再「盡力」卻還是失敗。有一種輕盈的感覺流在身體裡，好像可以跳舞一樣，跟平常完全不同。我的心裡有一種幸福的感受。

「我要確定妳的心準備好了。」他解釋著，我對自己身體的信心，將會大大影響開刀之後的復健狀況，特別是病得那麼長、那麼久，身上還背負著許多過去接受治療的陰影。這一個月來，我們反覆練習的一些簡單復健動作，就是為了緩解動手術的緊張和壓力。他告訴我，這些都是我術後也要做的，現在先練習好，可以放鬆肌肉，讓身體記得這些活動。

捨得就是最後一段路

我緩緩將麻醉藥吸進胸腔，
有點暈眩、有點想吐，感到心裡還是有些忐忑不安，
但我依然覺得，在醒來之後，這一場辛苦的夢也會醒了。

「不僅僅只是去住院、換關節而已，不是嗎？」是的，不僅僅如此，我還要重新，再一次提起已經消沉的勇氣去期待新生。出發北上開刀的前兩個禮拜，治療師遞給我一張紙，上面羅列術前準備事項、術後自我物理治療。我們一起預習了手術之後，我可能會遇到的各種問題、不舒服、禁忌、如何緩解疼痛，把所有的疑惑與擔心全部梳理一次。

二〇一七年時，人工髖關節置換手術已經非常成熟，材質與構造不斷推陳出

新，延長使用年限，最新的開刀技法也改為從臀部側邊切入，傷口位置的不同，幫助患者在術後即可下床走路，隔天就能辦理出院，進展到復健的階段，新的材質與技法也使得術後活動角度不再受限。理想上，術後的最佳狀態是可以恢復到正常人的活動能力。相較於之前漫長的痛苦，無法動彈的受限感，置換人工髖關節並不算什麼困難的決定，就像給出一件身外之物一樣，捨得的心是代價，也是走出這個世界的最後一段路。

對於要將原本的髖關節鋸開，在骨頭中嵌插入一個不屬於我的人造物，我並不感到害怕，只是有些遺憾。累積至今，右腳是傷痕累累的，不論是經由別人之手，或是因為我恨鐵不成鋼，它承受著許多憤怒與力量。我多麼希望它可以自己站起來，重新感受肌肉的張力與負重，重新感受動作時的快樂與速感，重新感受到自在活動時，所有肢體合而為一的完整感，享受著身為一個人的整體性，可惜最後的結局還是要與之告別，我只是為它流下捨不得的眼淚，捨不得它一直那麼辛苦，所以捨得讓它不再辛苦。我深深在心裡感謝著我的右腳，不管是憑著好強、堅強或者不得已的逞強，一路堅持到今天。

但是把自己體內那麼大一部分割去，用一項沒有血脈沒有細胞的物質取而代之，我的身體會欣然接受嗎，腳會不會依然頑固地停留在過去的感覺，永遠走不出來？記得某一次回診的時候，我告訴治療師，因為不良於行好多年，我很擔心自己即使手術成功，依然會無法忘卻那種動彈不得的感覺，他笑著說：「絕對不會。」因為人的心是很有彈性的啊，只要能夠走到新的地方，陰影也會逐漸散去。

躺在手術房的病床上，頭上的強光燈讓眼睛睜不開，我緩緩將麻醉藥吸進胸腔，有點暈眩、有點想吐，感到心裡還是有些忐忑不安，但我依然覺得，在醒來之後，這一場辛苦的夢也會醒了。祝順利。

後記

重新活一遍吧

在人生的面前，很多事情非己所能掌控，
我覺得唯有謙卑和柔軟以待了吧，
然後盡量在荒謬中尋找幸福。

陽台大盆栽裡面有一顆福樹，我一直覺得它是住在那兒的。它與我在差不多的時期來到我家落土，一起生活了二十多年，經過生長、茁壯、枯萎和凋謝。它死透過一次，因為那個夏天太嚴酷又完全無人照料，福樹禿光，一絲不掛，彷彿什麼都無法再留下或再留戀，就像隻身回到台南的我。這裡也只剩下我了，沒有放棄澆水施肥和它說話，慶幸冬天來時，它突然冒出幸福的小綠芽，像是沒有死過一樣，重新活一遍，葉片漸漸厚實、色澤亮如水蔥，枝幹也亭亭玉立，看上去是活回了從前的樣子，但我知道現在的它不同以往，因為死過一次，更加自在和坦率，心裡自由了、不怕了，想活成怎樣，就活成怎樣。

人工髖關節的置換手術很順利，很意外地竟沒有什麼疼痛感，在度過了撐拐杖的時期之後，腿一天天強壯起來，血與肉在填入的人造物上攀爬生長著，將之緊密地與我連在一起。

人們想像中的「好起來」，可能會像是車子行過一座橋那樣咻地就到了，但其實開完刀之後，我並沒有立刻還原到以前的自己。畢竟是經過了一段歲月漸漸形成並適應的身體缺陷、認知、情感與壞習慣，在置入新的生命力之際，也需要等量的時間和耐性來收編和整合。這一過程，走了兩年，與其說是讓身心恢復原狀，我覺得更好的說法是適應新生。

身心同在時間的重量下被折騰，如果要重建活動的能力，也必須學習用不同以往的方式對待身體與心靈，新的自己是透過一天、一天的習慣所逐漸開展得來的。即使知道換過的髖關節在理論上可以做出任何姿勢，很奇妙的是，身體一開始還是做不到，不能馬上不顧疼痛地恣意妄為，需要在防衛的、緊緊的邊緣一下一下去嘗試。

受困了十年從沒使用的肌肉組織們，再次學習如何伸長和縮短，像是初生的嬰兒學坐與爬，學如何彼此協調地配合，演出各種不同動作。肌肉逐漸從萎縮到被喚醒，關節在被重新塑形時，經常從深處傳來癢癢的感覺。穩穩地站著、穩穩地坐下、盤腿一分鐘、盤腿五分鐘、走半小時、坐半小時、跑步、久走、久坐、稍微抱膝、稍微蹲下、抱膝、深蹲……每每我跨過一個新的復健里程，都要先經過一段抽筋和懷疑的日子。

心靈也如身體一般，需要復健。平常庸庸碌碌地過日子時，不會特別思考或感知到「我」真正是何許人也，但走入失落的歷程之中，很奇妙地，會開始強烈感受到我是誰，有好多情緒，有堅強、陰暗和執著，隨著時間推進，感受到我不再是誰、以及我不知道我還能是誰，不斷建構和摧毀掉對自己的認同，以便與當下的生活及他人協調，努力不瘋掉。過去長久的生活所遺留下來的陰影、爭執和負面關係，此刻都需要一一重建，從我不知道我還能是誰，回到我是誰。

我的主體性又回到自己身上，對人生重獲完整的自主權。不用再依附他人，像個小寶寶一樣，害怕誰離開我，生活就會陷入某種困境。別人下班後吃排隊美食，而我下班後等排隊名醫的日子過去了。曾經好長時間感到破了洞、只有黑暗的內心，又逐漸可以容納進其他人事物，一點一滴逐漸豐富，心裡頭不再只有巨大的自己。

以前覺得在好遙遠的那一方，但實際上騎機車只要兩分鐘就能到的烙餅攤子，現在我可以自己一個人輕鬆地走去。現在我可以享受散步的樂趣，在樹影之間專心處理陽光和微風的事，在巷弄間專心穿梭尋找新奇的東西。我可以靜下心來看懂一本書，可以聽著歌但不再為自己流淚，而是專注於創作者想告訴我的境界。搭捷運的時候，年輕上班族討論韓樂和化妝品，我可以聽到入神，然後發覺現在的自己和以往受困於疾病的自己，恍若是存在於兩個完全不同的世界。這是因為心中終於又有了空間和餘裕，能夠容納自己以外的人事物，欣賞世界上的美好。

這樣的過程，走了兩年半，仍持續進行著。

這本書前後寫了兩年多，從自己幾篇端傳媒專欄、Yahoo專欄的文章延伸而出。最早寫專欄的初衷，是想為安樂死發聲、是對醫療現狀的省思，想要讓長期受疾病所苦的人感到自己並不孤單。

後來考慮寫成書時，挖掘出許多隱私與心思，這過程一直讓我戰戰兢兢。年輕時就遇見長期疾病的壓力，不存在於多數人的生活經驗中，因為沒有過這樣的煩惱，書的內容極可能難以讓讀者產生想閱讀的共鳴和動力。我曾想過譁眾取寵，然而幾經修改，最終還是回歸到最真的實際經驗裡，為自己那段時光做一個紀錄。但願沒有偏離初衷，希望書中這些攤開的情感，能為閱讀者建構出更立體的世界，理解一絲社會上長期疾病患者的歲月樣貌。為什麼一個人（就像你一樣的人）會從樂觀走到絕望之處、為什麼人會想自殺，我想為未曾經歷的人描述出在這種由盛而衰的身心轉變過程中，會體驗到什麼。

這不是一本歌頌自己戰勝病魔的書。若要為受傷的時光賦予詮釋，說一些失去脈絡的名言警句是較為簡單的，寫心靈雞湯的勵志內容也不難，但這不是我完整的體會。我很幸運最後得以展開新的生活，但是如果我沒有、我不行，並且長此以往三十年呢？在人生的面前，很多事情非己所能掌控，我覺得唯有謙卑和柔軟以待了吧，然後盡量在荒謬中尋找幸福。

這本書的撰寫根據來自十餘年的隨筆、日記、紙條、病歷、照片和對話紀錄，盡量重現當下真實，十七歲時的嫉妒、二十歲的幼稚、二十五歲的憤怒、二十八歲的荒蕪，不因要寫書公諸於世，而將之美化或圓熟成非我當時的心境。我想寫給覺得無助、覺得疼痛的人，真實的情緒即使不為社會所容，不能端上檯面示眾人，也不要否定它們的存在，在只剩下自己的時候，更需要接納自己。

謝謝照顧與保護我的媽媽和爸爸，付出許多支持的邱鈞彥、傅秀儒與李文斌，以及吳協興物理治療師、謝邦鑫醫師。這個作品得以一路從無到有，要謝謝編輯者——莊培園、蔡鳳儀、陳虹瑾、張潔平、黃婉婷。以及給予溫暖鼓勵的作家前輩王蘭芬、鍾文音和李玉嬋老師。也謝謝在我不良於行的好幾年，外貿協會主管、同事給我的幫助及滋養。還有書中提及的所有人（包括醫生們），謝謝你們曾陪伴我走過一段日子，很抱歉帶給你們負擔。

也謝謝自己在這十餘年之中，做過最好的事情是足夠愛護自己，捨不得完全厭棄自己，才能不斷在「相信自己有價值」與「背負疼痛的罪惡感」之間拉扯，學習做一個人。最終明白成長的過程是受傷了，但不是誰的錯。受傷是與這世界相遇之必然。願受傷後總是能重新活一遍，自由自在。

智慧田 114

願受傷後能重新活一遍：
記37個醫療代號，我的漫漫青春

作者｜邱子瑜
出版者｜大田出版有限公司
台北市一〇四四五中山北路二段二十六巷二號二樓
E-mail｜titan3@ms22.hinet.net http：//www.titan3.com.tw
編輯部專線｜（02）2562-1383 傳真：（02）2581-8761
總編輯｜莊培園
副總編輯｜蔡鳳儀
行銷編輯｜陳映璇
內頁美術｜陳柔含
校對｜黃薇霓／金文蕙
初刷｜二〇一九年十月一日 定價：三五〇元
總經銷｜知己圖書股份有限公司
台北｜一〇六台北市大安區辛亥路一段三十號九樓
TEL：02-23672044／23672047 FAX：02-23635741
台中｜四〇七台中市西屯區工業三十路一號一樓
TEL：04-23595819 FAX：04-23595493
E-mail｜service@morningstar.com.tw
網路書店｜http://www.morningstar.com.tw
讀者專線｜04-23595819＃230
郵政劃撥｜15060393（知己圖書股份有限公司）
印刷｜上好印刷股份有限公司
國際書碼｜978-986-179-566-9 CIP：863.55/108008829

填回函雙重禮
①立即送購書優惠券
②抽獎小禮物

國家圖書館出版品預行編目資料

願受傷後能重新活一遍／邱子瑜著．
——初版——臺北市：大田，2019.10
面；公分．——（智慧田；114）

ISBN 978-986-179-566-9（平裝）

863.55　　108008829